神さまお宿、あやかしたちとおもてなし
～鈴の恋する女将修業～

皐月なおみ　Naomi Satsuki

ALPHAPOLIS
WEB CITY SINCE 2000

アルファポリス文庫

https://www.alphapolis.co.jp/

第一章　いぬがみ湯の危機

濃い緑と淡い緑がグラデーションを作る山々の間を、タンタン、タンタンというリズムを刻む赤い二両編成の電車は縫うように走る。

大江鈴《おおえすず》は青いリュックサックを膝に抱いて、車窓から流れる景色を眺めていた。

線路に寄り添うように流れる清流の水面が、初夏の日差しを反射させてキラキラと輝いている。水を張り田植えを待つばかりになった田んぼ、ところどころにポッンポツンと建つ古い家々、のんびりとしたこの景色は、前回鈴がここを通った約二年前と何ひとつ変わっていない。まるで時が止まっていたかのようだった。

始発駅の高倉《たかくら》を出発したときは、それなりにいた乗客も三十分ほど経った今、鈴の他にはヘッドホンをつけた男子高校生がひとりいるだけである。午後の日差しが差しこむ静かな車内に、カタンカタンという電車の振動だけが響いている。

しばらくすると電車は緩やかなカーブを描き、トンネルに突入する。それを抜けると視界が開けて山々に囲まれた盆地に出た。途端に、電車のスピードが落ち始める。

「次は～天河村《てんかわむら》～、天河村～」

どこかのんびりとしたアナウンスを聞いてから、鈴はゆっくり立ち上がる。リュックを背負い、脇に置いてあったスーツケースの取手を握った。

電車が完全に停車すると、プシューという音を立てて扉が開く。よいしょとスーツケースを持ち上げて、鈴はホームへ降り立った。

途端に鈴をムッとするような生暖かい空気が包む。硫黄の香りが混じる風が通り抜け、肩より少し下に伸びた黒い髪がなびく。それだけで自然と頬に力が入り、心がずんと重くなった。

この二年間、ひとり暮らしをしていたアパートも街も、決して居心地がよかったとはいえないけれど、ここまでではなかった。やっぱり帰ってきたくなかったと、鈴の頭に考えても仕方のないことが浮かんだ。

生まれ故郷であるこの町に戻るしかなかったのは、他でもない自分のせいなのに。

浮かない気持ちで無人の改札を抜けると、赤い暖簾《のれん》の居酒屋と黄色いニコニコマークのコンビニ『サンマート』だけが並ぶ小さなロータリーに出る。『白狼伝説《しろおおかみでんせつ》の残る町、天河温泉郷《てんかわおんせんきょう》へようこそ！』と書かれた古びた看板が立っている。

ここもやっぱり二年前とまったく変わっていなかった。

「おや、鈴ちゃんじゃないか」

ロータリーに停まっている黒いタクシーの運転手から声がかかる。

「帰ってきたのかい？」

「……はい、こんにちは」

力の入った頬をさらにこわばらせて鈴は答えた。たしか、同級生の誰かの父親だったと思うが、名前までは思い出せない。

会釈して、ガラガラとスーツケースの車輪を鳴らしながら、鈴は町のメインストリートである商店街のほうに向かって歩き出す。うかうかしていると、どうして帰ってきたのか、いつまでいるのかと尋ねられてしまうからだ。

天河村は、白狼伝説の舞台といわれている天河山の裾野に広がる町である。現代の市区町村の区分では町だが、古くから天河村と呼ばれていて、今でも住民はそう呼んでいる。

鈴はスーツケースを両手で押して、人影がまばらな昼下がりの商店街をゆっくり進む。すぐに息があがって、汗が噴き出した。

この町を出てから今朝まで二年間を過ごしたアパートは、鈴が通っていた短大のすぐそばで、コンビニも近かった。歩くこと自体が少なかったから、知らず知らずのうちに、体力が落ちてしまったようだ。

距離にして五百メートルにもならない道の半分まできたところで、限界がきた。立ち止まって息を整えていると、また声をかけられる。

「鈴？　鈴か？」

今度は鈴がよく知る相手だった。反射的に身構えた肩の力がフッと抜けて、鈴はホッと息を吐く。

「けんちゃん」

幼なじみで、高校まで同じ教室で過ごした林健太郎《はやしけんたろう》だ。

父親同士が友人で、健太郎とは兄妹のように育った。同い年だがしっかり者の彼は、少しのんびりなところがある鈴をいつも気にかけてくれていた。この町で鈴が気を許せる数少ない人物である。

「帰ってきてたんだな」

彼は軽い足取りで坂道を上ってくる。手にはサンマートのレジ袋を持っていた。

「うん、ついさっき着いたとこ」

「随分大きな荷物じゃないか」

「……アパートは、引き払ってきたの」

「そうか」

暗に一時的な帰省ではないことを告げると、彼は納得する。そして鈴のスーツケースに手を伸ばした。

「え？　でもけんちゃん、仕事中じゃないの？」

「貸せよ、重いだろ？」

鈴は躊躇して問いかけた。

健太郎が白いタオルを頭に巻いて、胸元に『林造園《はやしぞうえん》』と刺繍が入った作業着を着ているからだ。高校を卒業したあと、彼は造園業を営む実家の会社に入った。

「今日の分は終わりなんだ。遅い昼飯を買いに行ったとこ」

「でも……」

「いいから、いいから。帰ってくるなら言ってくれれば駅まで軽トラで迎えに行ってやったのに」

そう言って彼は鈴からスーツケースを受け取って、また坂を上りだす。

「い、いいよ、そんなに遠くじゃないし」

彼のあとを追いながら、さりげなく周囲を見回す。こんなところを誰かに見られたら困る。でもすぐに、ほとんどの同級生が今はもう町を離れているんだったと思い出し、ホッとする。

背が高く爽やかなルックスで誰にでも分け隔てなく優しい健太郎は、いつも女の子たちに人気で、こんなふうにふたりで話をしているところを見られて、ヒソヒソと噂されるのはしょっちゅうだった。大きな目とふっくらとした頬のせいで年齢よりも幼く見られることの多い地味な鈴が、彼の隣にいるのは納得できないというわけだ。そのため彼と話をするときは、誰かに見られていないかと条件反射のようにまわりを警戒してしまうのだ。

二年間ここを離れて暮らし、もう二十歳になったのに、そのくせがまだ抜けていないなんてと、鈴はまた憂うつな気分になった。

「おばさんは、鈴は向こうで就職するって言ってたけど」

先を行く健太郎が、やや遠慮がちにそう言ってチラリと鈴を振り返る。

鈴はうつむいて首を横に振った。

先々月の末で鈴は短大を卒業した。当然去年一年間は、就職活動に明け暮れて、卒業してからもさらに一ヶ月は両親から猶予をもらい頑張った。けれど、結局どこからも内定はもらえなくて、実家のあるこの町に戻ってきたのだ。

就職難というわけではなかったのに、一社も受からなかった自分が情けなかった。

「面接が、うまくいかなくて……」

知らない人と話すのは、鈴にとっては苦手中の苦手だ。

さらに言うと、どうしてもやりたい仕事があったわけではなく、ありもしない〝志望動機〟を語るのが苦痛だった。短大の就職課のスタッフからは、そんなものは適当に当たり障りのないことを話せと言われたけれど……

「鈴のよさは雇ってみないと、わからないんだろうなぁ」

健太郎はそう言うが、慰めにはならなかった。彼はどんな人に対しても悪いことは言わない。

「ま、焦らずやればいいよ。そのうち鈴にぴったりの仕事が見つかるから。なんなら林造園《うち》はどう？」

そんなことまで言ってくれる。鈴は首を横に振った。

「林造園で私にできることなんて何もないよ。覚えてるでしょ？　小学生のとき、アサガオだってうまく育てられなかったの」

毎日サボらずに真面目に水をやったのに、水色の小さい花がひとつ咲いただけだった。それに引き換え、健太郎のアサガオは綺麗な紫色の花をたくさん咲かせて、『さすが林造園の跡取り息子』なんて言われていた。

健太郎が少し勢い込んだ。

「いや、職人じゃなくてさ。事務とか。ちょうど宮下《みやした》さんが、もう歳だからそろそろ辞めたいって言ってるんだ。鈴なら絶対に親父も大歓迎だよ。なんなら今からでも――」

「ニャー！」

足元から聞こえてきた鳴き声に遮られて、健太郎は口を閉じる。視線を移すと、キジトラ柄に緑の目のまん丸い猫が鈴を見上げていた。

「ちゃちゃ!」

鈴はしゃがみ込み、猫に視線を合わせた。

「元気だった?」

声をかけると、答えるようにもう一度ニャアと鳴いた。

ちゃちゃは、この町に住む野良猫だ。誰かに飼われているわけではないが、鈴が記憶にある限りずっとこの町にいて、皆に可愛がられている。

ひとりだった登下校、母に叱られて公園のブランコで泣いた夕暮れどき、いつの間にかそばにいて心を慰めてくれた。鈴にとって大切な存在だ。

手を伸ばしてふわふわの頭を撫でると、ちゃちゃは気持ちよさそうに目を細めた。

「ふふふ、久しぶり。またよろしくね。でも実は、そんな感じがしないんだ。向こうのアパートの近くにも、ちゃちゃそっくりの野良猫がいてさ、友達になったんだよ。夜コンビニに行くときなんかに一緒に歩いてくれて心強かったな。キジトラって優しい子が多いのかな?」

久しぶりの再会に胸を弾ませて鈴はちゃちゃに話しかける。

健太郎がやや呆れたような声を出した。

「相変わらず鈴はちゃちゃ相手だとよく喋るな。普段もそんなふうにしていればいいのに。就職なんか一発で決まるよ」

その言葉に、鈴は黙り込んだ。

たしかにちゃちゃちゃと話すように、人と会話できるなら、もう少しうまく生きられるだろう。就職だって決まったかもしれない。

でもそれが、鈴にとってはハードルが高いことなのだ。

いいや、話を聞くだけならまだいい。どちらかといえば人の話を聞くのは好きなほうで、飽きずにいつまでも聞いていられる。しかしそんなとき、たいてい相手は一方的に話すだけでは満足できずに、意見を求めたり大袈裟なリアクションを欲しがったりする。

これが鈴には難しかった。相手が期待するようなことを言えなくて、場がしらけてしまう。そして一度そういうことがあると、今度こそちゃんとしなくてはと考えすぎて、またトンチンカンなことを言ってしまうという悪循環だった。

『鈴ちゃんって、なんか変なこと言うよね』

『無表情だし、何考えてるかわかんない』

小学生のころ、クラスの女の子たちによく言われた言葉だった。初めは首を傾げるだけの相手も、反応の薄い鈴にだんだんと嫌気が差してくる。そのうちに、あからさまに邪険にされるようになる。

そうなるのを避けたくて、極力誰とも話をしないようにしているうちに、すっかり無口になってしまった。おそらくその反動でちゃちゃを見かけると、ついたくさん話しかけてしまうのだ。動物は鈴の声が小さいとか話がわかりにくいなどと言って、笑ったりしない。

「いや、責めてるわけじゃないんだけど……。そのままの鈴をわかってもらえたらいいのにっていう意味で」

ちゃちゃを撫で続ける鈴に、健太郎は気を取り直したようにつけ加えた。

「その点、林造園《うち》は皆鈴のことをよくわかってるからさ、鈴も働きやすいと思――」

「ニャーン」

またちゃちゃが鳴いて、坂をとことこと上り始める。

「あ、待って。ちゃちゃ」

鈴も立ち上がって追いかけるように歩き出した。そして少し考えてから口を開く。

「ありがと、けんちゃん。そう言ってくれるだけで、ちょっと元気出た」

「励ますためだけに言ったわけじゃないんだけどな……」

健太郎がつぶやいて頭をかいた。

スーツケースをガラガラさせながら、天河山に向かうようにしてふたりと一匹は商店街を行く。途中何度か声をかけられたけれど、健太郎がうまく応じてくれた。

しばらくすると郵便局に突き当たる。T字路になっていて、右に行くと学校や町役場、住宅が集まっている地域で、鈴の家もそこにある。左に行くと道はさらに上り坂になっていて、天河山の登山道への入口と、町唯一の温泉宿に続いている。林造園はその途中だ。

立ち止まり、鈴はスーツケースに手を伸ばした。

「ありがとう、けんちゃん」

「え？　家まで送るよ。結構重いじゃん、これ」

健太郎はそう言うが、鈴は首を横に振った。

「大丈夫、ここまで運んでくれただけでも大助かりだった」

ここから鈴の家までは、道が山と並行に伸びているから、スーツケースが重くても問題はない。

「けんちゃん、これからお昼ご飯でしょ」

そう言うと、健太郎は納得してスーツケースを鈴に渡した。

「いつまでいるつもりなんだ？　ずっとか？」

その問いかけに、鈴は答えられなかった。

就職できないでいた鈴に、両親は〝それならば一度帰って来い〟と半ば強引にアパートの契約を打ち切った。

今ここにいるのは鈴自身の意志ではない。とにかく仕事次第なのだ。何か自分にできる仕事を見つけて、また家を出たいと思っている。

「……まだわからない」

「そうか。ま、とにかく、しばらくはいるんだろ？」

「うん」

「じゃあ、とりあえず今日はこれで。またな」

軽く手を上げて、健太郎は鈴の家とは反対方向へ歩いていく。二、三歩行きかけたところで足を止めて振り返った。

「あ、そうだ。鈴、誕生日おめでとう」

そして鈴が返事をするより早く、くるりと背を向けて立ち去った。

その後ろ姿を、鈴は意外な気持ちで見送る。この二年間、時折メッセージのやり取りをしてはいたものの、直接会わなかったのに、彼は鈴の誕生日を覚えていてくれたのだ。

小さくため息をついて、鈴は反対方向に視線を戻す。そこもやっぱり見慣れた景色が広がっていた。

肩を寄せ合うように建つ家々と、古びた町役場、赤いすべり台とぶらんこだけの児童公園。

その向こうにそびえ立つのが、鈴が毎日、鉛のように重い足どりでどうにかこうにか通っていた天河小中学校《てんかわしょうちゅうがっこう》だ。建物を目にしただけで、まるで過去に引き戻されたように、その場から動けなくなってしまう。スーツケースを持つ手にじわりと嫌な汗が滲む。

あのころは早く大人になりたいと願っていた。大人になって自由になれば、この苦しさから解放される、そう信じていたからだ。

でも二十歳の誕生日を迎えた今日、鈴は再びここに立っている。

身体だけ大きくなったって心は何ひとつ成長していないと、その建物に言われているような気分だった。

足がすくんで次の一歩が出ない。そのとき。

「ニャーン」

ちゃちゃがスーツケースに飛び乗って、取手に添える鈴の手に頬をすりすりとする。

「ちゃちゃ。……家まで一緒に来てくれる？」

問いかけると、答えるようにまたニャーンと鳴く。

ふわふわとした感触と自分を見つめる澄んだ緑色の瞳に、励まされるような気持ちになって、鈴はまた歩き出した。

「駅前のサンマートがアルバイトを募集してたわよ。昨日行ったとき、張り紙が出てたから。それから林造園の宮下さんがお歳で、事務を引き継いでくれる人を探してるって話だから、一度話を聞いていらっしゃい」

両親と鈴、久しぶりに三人揃った大江家の食卓。母の大江孝子《おおえたかこ》があれこれと言うのを、鈴は目の前にある山盛りのコロッケをもくもくと食べながら憂うつな気持ちで聞いている。

「天河村《ここ》じゃ求人は限られるだろうけど、高倉まで行けばもっとたくさんあるはずよ。通勤に往復一時間かかるけど、それくらいは普通だし……鈴、鈴？　聞いてるの？」

「……聞いてるよ」

小さな声で鈴は答えた。

「だったらちゃんと返事をしなさい」

いら立つ母に、何も答えずに目を伏せる。

「まぁまぁ、孝子。鈴は今日帰ってきたばっかりなんだし。その話はおいおいでいいんじゃないか」

父親の大江宗一郎《おおえそういちろう》がとりなすように言う。それに孝子が噛みついた。

「帰ってきたばかりって……もう五月なのよ。すでに一ヶ月も遅れてるじゃない。普通なら四月から働き始めてなきゃいけないのに」

その言葉に、鈴は心の中で「出た」と思う。母は鈴が皆と違うことをしたり、皆よりも遅れたりすることを極端に嫌がるのだ。

『普通のことが、どうしてあなたにはできないの？』

『鈴だってやればできるはずなのに』

小さいころから嫌というほど言われてきた言葉だ。短大を卒業したのに皆と同じように就職できなかった〝普通でない〟鈴に母は腹を立てている。

「お父さんも、何か鈴によさそうな話があったら教えてよ。この間、非常勤職員を募集してたじゃない。あれは？」

町役場で働く父が首を横に振った。

「あれはもう締め切ったよ。それに窓口業務だから鈴にはちょっと……。合わない仕事に無理やり就いても続かないだろうし」

「初めから合う仕事なんてないわよ。自分を仕事に合わせるの！　皆そうしてるんだから。私が受け持った卒業生にだって……」

くどくどと続く母の話を聞いているふりをしながら、鈴は味噌汁を飲んだ。

教師である母は何かにつけてこうやって、自分の生徒の話をする。

〝自信はなかったけれど、チャレンジした〟

〝困難を努力で乗り越えた〟

そして最後に必ず、『どうして鈴にはできないのか』『あなただってやる気になればできるはず』と追いつめるのだ。

結局、母は恥ずかしいのだと鈴は思う。

鈴が中学を卒業するまで高倉にある小学校に勤めていた母は、鈴が卒業した次の年に天河小中学校に赴任してきた。そして、今では校長先生をしている。

生徒数はそう多くはないけれど、村の人たちからは頼りにされて尊敬されていて、進路や子育てについて相談を受けることもしょっちゅうだ。

それなのに、ひとり娘である鈴が就職せずに家にいたら、彼女は肝心の自分の子育てに失敗したことになってしまう。だから躍起になって鈴に就職しろと迫るのだ。

「とにかく、この際アルバイトでもいいからとりあえず何かはしなさい。それから正社員の仕事を探せばいいんだから」

もうすでにたくさんの面接に落ちた鈴に、とてもできそうにないことを母は言う。

そんな簡単に言わないでほしいという反論が喉から出かかるけれど、なんとかそれを呑み込んだ。言ったところで通じる相手ではない。

「鈴？　わかった？　わかったなら返事をしなさい！」

キンキンと耳に響くような母の言葉に、鈴は頬を歪める。ため息をついて、「わかった」とだけつぶやいた。

玄関のドアをバタンと閉めて空を見上げると、満天の星が広がっている。下着とタオルが入ったバッグを肩にかけ直して、鈴は歩きだした。

五月の夜はまだ少し肌寒い。カーディガンを着てきて正解だ。

息がつまるような夕食のあと、小さめのホールケーキを囲んで家族三人で鈴の誕生日祝いをした。けれどそこでも、母の嫌味は止まらなかった。

――今年の同窓会で町に帰ってきた鈴の同級生たちは、皆立派になっていた。どこそこの息子はいい大学に通っていて、誰々さん家の娘さんは、すでに就職をしていて……実家を継ぐことが決まっている健太郎にいたっては『頼もしい』『さすがだ』と大絶賛だった。

こうなるのが嫌だから適当な理由をつけて帰らなかったのに。結局は無駄になってしまったのだ。

味のしない苺のケーキを無理やり口につめこんだ鈴は、祖母のところへ行くと告げて家を出てきたのだ。母は少し嫌な顔をしたが、特には何も言わなかった。

夏の匂いが混じる夜風に当たり、ようやく鈴は少しだけ呼吸ができるような心地がする。母がいる家はいつもどこか息苦しい。

郵便局を通りすぎ、林造園を越えてさらに坂を上ると、まわりはほとんど木ばかりになる。やがて川にかかる赤い橋に行きあたった。

その橋の前まで来て、鈴はいったん立ち止まり、目を閉じて川の音と澄んだ空気を感じとる。こうすると心と身体が洗われるような気がするのだ。

昼間にあった嫌なこと。浴びせられたつらい言葉。

古くは神さまの通り道だったという言い伝えのある、天河山の神聖な空気と綺麗な水の飛沫が汚いものを清めてくれる、そんな気になれるのだ。しばらくそうして、満足すると鈴はまた目を開けて赤い橋を渡り始めた。

橋を渡り切ったところに古びて朽ち果てそうな朱色の鳥居が建っていて、消えそうな字で『いぬがみ神社』と書いてある。両脇には苔むした猿の石像が一体ずつ。かつてここが神社だったころの名残りだと、誰かから聞いたことがあるけれど、詳しいことは知らなかった。

鳥居をくぐり右手に伸びる小道を行くと、草が生い茂りもはや誰も入ることがなくなった天河山への登山道。立入禁止を示す黄色いロープが張ってある。

そしてその反対側、小道の先に建つのが、鈴が目指す温泉宿『いぬがみ湯』だ。

伝統的な和風建築の建物の入口にはあずき色の暖簾《のれん》がかかり、中からは橙色の灯りと人の話す声が漏れている。

その賑やかな雰囲気に誘われるように、ふわりと鈴の頭の上を何かが通りすぎた。

イロハ紅葉の木の下の古い長椅子には、ゆらゆらと揺れる影が座り、頭から湯気を出している。誰も歩いていないのに、カランコロンと下駄の音が鈴のすぐそばを通りすぎた。

この世の光景とは違うけれど、鈴は少しも気にならない。

あの鳥居からこちら側は、これが当たり前なのだ。灯籠《とうろう》に飛石、ツツジや松の植栽が並ぶ前庭を抜け、鈴は型板ガラスの玄関扉をガラガラと音を立てて開けた。

「こんばんは」

中に向かって誰ともなく声をかけると、番台に座り書き物をしていた鈴の祖母、大《おお》江佳代《えかよ》が顔を上げた。

「ああ、鈴、おかえり。来てくれたんだね」

「うん。ただいま、おばあちゃん」

弾んだ声でそう言って、鈴は開きっぱなしになっているいくつかの下駄箱の戸をパタンパタンと閉じてから靴を脱ぐ。下駄箱は半分ほどが埋まっているようだ。

この町に帰ってくるにあたって鈴が唯一楽しみにしていたのが、祖母が女将を務めるこの温泉宿『いぬがみ湯』に来ること。

温泉宿と言っても、天河村は観光地としての知名度はない。時折温泉雑誌に〝秘湯〟として載るくらいで宿泊客は滅多に来ない。ほぼ地元の人が通う銭湯として、経営が成り立っている。

祖母が座る番台兼受付を中心として、右側にある階段を上った二階が客室で、左側が大浴場。そのふたつは、前庭を見渡せる渡り廊下で繋がっている。客室へ続く階段の灯りがついていないということは、今夜も宿泊客はいないのだろう。

対するお風呂のほうは、常連客で賑わっている。鈴のあとから来た客が「佳代さんこんばんは。あら、鈴ちゃん久しぶり」と挨拶をして、番台の下に置かれた賽銭箱《さいせんばこ》にチャリンと小銭を放り込んだ。

いぬがみ湯では、こうやって入湯料を支払うことになっている。はっきりとした理由は知らないが、これも神社だったときの名残りなのだろう。

「いつ着いたんだい？」

祖母に問いかけられて、鈴は番台のそばに歩み寄る。

「お昼過ぎだったかな？　すぐに来られなくてごめんね」

「いや、おばあちゃんこそ。鈴が帰ってくるのは知ってたけど、会いに行けなくてごめんよ。何しろここの準備があるからね」

そう言って申し訳なさそうにする。

それは仕方がないことだった。いぬがみ湯は祖母ひとりで切り盛りしているのだ。開けるのは夕方だが、それまでに風呂掃除、ドリンク補充とやることは際限なくある。

それに祖母が鈴の家に来ること自体が、鈴には想像できない。祖母と鈴の母――孝子は折り合いがあまりよくなくて、お互いに極力顔を合わせないようにしている。祖母が鈴の家に来ることはないし、その逆もまた然りだった。

とはいえ、鈴にとっては何の問題もない。ここに来ればいつでも祖母に会えるのだから。

厳しい母親とは違って、祖母は鈴にあれをしろ、これをしろと言わないから、鈴は祖母が大好きで、自分ひとりで来られるようになった小学生のころから毎日お風呂はいぬがみ湯で入る。叱られた夜に、泣きながら走ってここまで来たこともある。どんなときも祖母は番台に座って温かく迎えてくれた。

そんな鈴を母がよく思っていないのは確かだが、行くなと言われたことはない。ただ、あまり甘やかさないでほしいと父親に愚痴を言っているのを聞いたことがあるくらいだ。

「鈴、お誕生日おめでとう。ケーキが裏の冷蔵庫にあるから持っておかえり」

誕生日ケーキをバラバラに用意してもらって、それぞれに祝ってもらうのも、毎年のことだった。

「ありがとう」

鈴は答えながら、酒屋が運んできたドリンクが番台横の大きな冷蔵庫の前にそのままになっていることに気づいた。すぐにバッグを脇に置いて、冷蔵庫にドリンクを補充していく。オレンジジュースやコーヒー牛乳、瓶のラムネ……ラインナップは二年前と変わらない。

「いいよ、鈴そのままにしておいて。あとで私がやるから。今日は疲れただろうから、ゆっくり湯に浸かっておいで」

祖母にはそう言われるが、鈴は手を止めなかった。やれることは手伝うというのが身体に染みついている。ドリンクをそのままにして風呂に入るほうが、気持ち悪いくらいだった。そうでなくても、八十歳になる祖母には力仕事はつらいだろう。

「明日は朝から来て、お風呂掃除を手伝うからね」

すべてのドリンクを入れ終えて少し張り切って鈴が言うと、祖母がうれしそうににっこりと笑った。

「ああ、助かるよ。じゃ、ゆっくり入っておいで」

頷いて大浴場へ続く渡り廊下を鈴は行く。古い木の床がキシキシと鳴った。廊下の先は休憩処になっていて椅子や机が置いてある。さらにその先に藍色と朱色の暖簾《のれん》が並んでいた。

朱色のほうをくぐると、脱衣所はガヤガヤと話をする声でいっぱいだ。靴箱にあった靴の数よりも脱衣籠に置かれている荷物のほうが、はるかに多いのがいぬがみ湯の特徴だ。

——あらこんにちは、お久しぶりですね。

——これから湯にお入りですか？　今日は少し熱めですよ。

あちらこちらからそんな会話が聞こえてくる。

半分は町から来る常連客、もう半分は……。

空いている籠を見つけ服を脱ぎ、鈴は黒い髪を持ってきたゴムでお団子にする。そして白い手ぬぐいを手に、浴室へ続くガラス戸をガラガラと開けた。

大浴場の中は硫黄の匂いがする湯気が、もうもうと立ち込めている。古い木枠の大きな湯船がふたつ縦に並んでいて、手前があつ湯、奥がぬる湯だ。

圧巻なのは、男湯、女湯、両方にまたがる天井まである大きなタイル画である。いぬがみ湯の名前の由来であり、この町で〝白妙《しろたえ》さま〟と呼ばれ崇められている犬神すなわち白狼が、天河山を背に堂々と描かれている。その白狼に見守られるようにして、入浴客が気持ちよさそうに湯に浸かっていた。

すぐにでも入りたいのを我慢して鈴は空いている洗面台へ行き、入念に身体を洗い始める。

天河村の温泉は白妙さまの恵みの湯、必ず身体を清めてから浸かるというのが決まりごとで、小さなころから耳にタコができるほど言われた。頭から爪の先までピカピカになって頭に手ぬぐいをくるりと巻いてから、鈴はようやく湯船に向かう。

鈴は、もっぱらぬる湯派だ。ゆっくりと湯船に浸かると、じわ～と身体が温かくなっていく。途端に頭の中がすっきりとして、鈴はこの町の正体を思い出した。

「おや、鈴ちゃん。久しぶりだねえ。帰ってきたのかい？」

頭に手ぬぐいをのせ気持ちよさそうに目を閉じていた狸の女が、鈴に向かって問いかけた。

「はい、今日戻りました」

答える鈴の後ろでは、蛇を身体に巻きつけた女性が、人間のお年寄りと世間話に興じている。洗い場では、紫色の鳥の親子が羽の手入れをしてた。

ここ天河村は、あやかしと人間が混ざり合って生活している町。

その昔、修行のために天河山を訪れた修験者が行き倒れていたところを、天河山に住む白狼に助けられた。修験者はたいそう感謝し、白狼を山神として祀るためにこの地で村を開いたと言われている。

いぬがみ湯には、人間の他に天河山をねぐらにしているあやかしたちが疲れを癒しに湯に浸かりにくる。だからここで生まれた者にとっては、湯船にあやかしが浸かっている光景は当たり前だ。

鈴が今それを思い出したのには理由がある。

町の者は高倉へ向かう赤い電車に乗り町を出ると、あやかしの存在を忘れてしまうのだ。町に戻り温泉の香りが混ざる風に当たり、いぬがみ湯の湯に浸かれば再び村の秘密を思い出す。中には長く村から離れ、あやかしの存在を忘れたまま生きていく者もいるけれど……

鈴はほぅっと息を吐き、とろりとした湯を両手ですくって楽しんだ。湯の温かさが残る両手を顔にギュッと押しあてると、心が解れていく。鈴が唯一心からくつろぐことができるひとときだ。

白狼のタイル画が天河山を背に、優しげな眼差しで鈴を見下ろしている。その白狼に向かって、鈴は心の中で挨拶をした。

――しろさま、ただいま戻りました。

白狼を〝しろさま〟と呼び、その日あったことを心の中で話すのが、小さいころからの日課だった。

学年でひとりだけ逆上がりができなくて笑われたこと。テストの点数が悪すぎて、母親に叱られたこと。悲しかったこと。うれしかったこと。

何から何まで話すと、不思議と気持ちが落ち着くのだ。二年ぶりにここへ戻ってきた鈴には、白妙に話したいことがたくさんある。

――しろさま、短大は無事に卒業できました。勉強はおもしろくて、もっと続けたいくらいでした。でも就職活動がうまくいきません。どうしたらいいと思いますか？

こうやって、相談ごとをするのも昔からの習慣。タイル画の前の鈴はお喋りだ。

――面接がどうしてもうまくいかないんです。

もちろんタイル画が答えてくれるわけではない。でもこうやって話をすれば、なぜかいつも自然と前向きな気持ちになれる。具体的な解決策が思いつくこともあるのだから不思議だった。

――会ったばかりの人の前で、志望動機を言うのが一番難しかったです。そんなの適当に話せばいいって言われたけど。本当は思っていないのに、適当なことを言うなんて。嘘をつくのって、私すっごく苦手です。

鈴は正直な気持ちを訴える。言葉にするのが苦手なだけで、鈴にだって言いたいことはたくさんある。

――なんだか、嘘をついた者勝ちみたいですよね。

するとタイル画がにっこりとする。温泉の湯気のせいでそう見えるだけなのだが、なんだか〝それでいいよ〟と言われているような気分になって、少し心が落ち着いた。

――そもそも私にできる仕事なんてあるんでしょうか。

問いかけて、鈴は白狼の優しい眼差しをジッと見つめる。

すると、もやもやと胸に渦巻く不安な思い、そこにぽとりと澄んだ雫が落ちたような心地がする。そして、それはゆっくりと胸の中に広がっていく。

焦らずにやってみよう。きっと何か見つかるはず。

そんな考えが頭に浮かぶ。

――しろさま、ありがとうございます。

やっぱりしろさまに相談してよかったと、タイル画にお礼を言って、鈴は顎《あご》まで湯に浸かり目を閉じた。

そのとき、脱衣所のあたりが急に騒がしくなって、ドタドタと誰かが走るような音がする。何事かと鈴が目を開けて振り返ると、ガラガラと大きな音を立てて脱衣所へ続く扉が開いた。

「鈴ちゃん！　鈴ちゃんはいるかね！」

名を呼ばれてもすぐには声が出てこない。代わりに狸のあやかしが答えた。

「鈴ちゃんは、ここにおりますよ」

白い湯気の向こうで扉を開けた人物の切羽つまった声が大浴場に響き渡った。

「ああ、鈴ちゃん、すぐに来ておくれ！　大変だ。佳代さんが、佳代さんが……！」

鈴と母が父の運転する車で自宅へ帰ってきたのは、日付が変わるころだった。番台で倒れ意識を失った祖母は、すぐさま救急車で高倉の大きな病院に運ばれた。町にも病院はあるが、難しい手術はできない。

病名は心筋梗塞。一命は取り留めたが、まだ完全に安心とは言えない状況で、いつ意識が戻るかもわからないと医者は言った。そのまま入院することになり、鈴たち三人は帰ってきたところである。

玄関で靴を脱ごうとして、鈴は自分がいぬがみ湯の玄関にあった客用のつっかけを履いていることに気がついた。

風呂に入る前に、ゆっくりと入っておいでと優しい声をかけてくれた。もしあれが最後の会話になったら、どうしよう。

救急車で運ばれていく、いつもとは違う土気色の祖母の顔が頭から離れない。心配でどうにかなってしまいそうだ。

重苦しい空気のまま三人は家に入り、なんとなくリビングダイニングに留まった。

「明日は俺が休みを取るよ。入院の準備があるし」

暗い声で父が言うと、母が頷いた。

「私も休みます。持っていく物、準備しておくわ。保険証はおばあちゃんの家にあるから、家に寄ってから行かないと。……どこにしまってあるかわかる？」

「うーん、実家にはしばらく行ってないからなぁ」

父と母が話すのを、鈴はソファに座りふたりに背を向けた格好でぼんやりと聞いている。

まだ現実のこととは思えなかった。

いぬがみ湯の番台の裏には小さな和室があって、そこが祖母の事務所兼居住スペースになっている。彼女が長期で家を空けたことは鈴が知る限りではない。いつ行っても、必ず祖母が迎えてくれた。番台に座って、穏やかに笑って。

それなのに、今はいぬがみ湯にはいないなんて。

「どっちにしても宿は閉めるしかなさそうね。でも、ただのお店じゃないんだし、町内に回覧板でも回してもらったほうがいいかしら？」

「そうだなぁ……」

〝閉めるしかない〟という言い方に引っかかりを覚え、鈴はハッとして振り返った。

「それって、おばあちゃんが目を覚ますまでだよね？」

思わず口を挟むと、両親は驚いたように鈴を見る。そして顔を見合わせてから、母が口を開いた。

「この状況で再開は無理よ。お医者さまだっておっしゃってたでしょう？　目を覚ますのがいつになるか――」

「おばあちゃんは目を覚ますよ！　必ず元気になるんだから！」

鈴が声をあげて言葉を遮ると、母がため息をつき口を開く。

「もちろんそれはそうだけど、身体がすぐに動くとは限らないでしょう？　リハビリすることになるだろうし。そもそもおばあちゃんはもう八十なんだから、ひとりで宿を切り盛りするのは限界だったのよ。ねえ、お父さん？」

「……うん、まぁな」

母の言葉に、父が曖昧に頷いた。

「でもあそこは、村の人たちの大切な場所なのに！」

母が眉を寄せた。

「そんなこと言っても仕方がないじゃない。それに、昔はともかく今の村にお風呂がない家があるわけじゃないんだし。役割を終えたのよ」

冷たい言葉に、鈴の頭に血が上った。

「いぬがみ湯は、お風呂がない人のためだけにあるわけじゃない、白妙さまの恵みの湯なんだよ？　なくなったりしたら……！」

そこまで言いかけて、複雑な目でこちらを見ている父の様子に気がついて言葉を切って口をつぐんだ。

――外から来た者はあやかしが見えない。

昔、町に嫁いできた嫁が秘密を知って逃げだすことが頻発したから、町の人もわざわざ教えはしない。もちろん中には町に溶け込んで、秘密を知ってもそのままここにとどまり続ける者もいるという話だけれど。

　そう、母は高倉の出身で父との結婚を機に天河村にやってきたから、いぬがみ湯があやかしたちが集まる場所だということも天河村の秘密についても知らないのだ。おそらくはあやかしを見ることもできない。

「恵みの湯って……そういう伝統は大事だけれど、だからって現実的に考えないと」

　母が呆れたような声を出した。もちろん母も白狼伝説については知っているが、あくまで昔話としてであって、あやかしたちが湯に浸かりにくるとは思っていないのだ。

「切り盛りする人がいないなら、閉めるしかないじゃない」

　同意を求めるように父を見る。父が鈴をちらりと見て申し訳なさそうにしてから、また曖昧に頷いた。

「まぁ……そうだな」

「だからって、今決めなくてもいいじゃない!!　おばあちゃんは、必ず元気になるんだから。そしたらまたいぬがみ湯をやるって言うよ！　勝手に決めないで！」

　鈴は感情を爆発させ、玄関を飛び出した。

　夜の村を全力で走り抜け鳥居の下で立ち止まった鈴は肩で息をしながら、灯りが消えたいぬがみ湯を見つめる。こめかみから伝う汗が顎《あご》から落ちた。

　どこへ行こうと考えたわけではないけれど、つらい気持ちになったとき、鈴が来る場所はここだけだ。

ここへ来ればいつも少し救われる。番台には祖母がいて、白狼のタイル画が自分を見守ってくれていて……

でも今のいぬがみ湯は、真っ暗で誰もいない。

そのことが途方もなく寂しかった。こんなこと絶対にあってはならないと強く思う。

恐る恐る近づいて、そぉっと玄関の扉を開ける。暖簾《のれん》は下ろされていて、しーんと静まりかえった中は整然としていた。常連客たちが片づけてくれたのだろう。

ガラガラと浴室への扉を開けて灯りをつけると、湯気の中に天河山を背にした立派な白狼が浮かび上がった。

いつもと変わらぬその気高く優しい眼差しに、鈴の視界は滲んでいく。喉の奥が熱くなって嗚咽が漏れるのを止めることができなかった。

この場所がなくなるなんて、絶対に嫌だ。

まわりにうまく合わせられなくて、いつも疎外感を抱きながら生きてきた。つらいつらいと思うときも、もうどうにもならないとギリギリまで追いつめられたときでさえ、どうにかこうにかやってこられたのは、この場所があったからなのだ。もしこの場所がなくなってしまったら、自分はこれからどうやって生きていけばいいのだろう。

「くっ……っっ……」

涙はあとからあとから溢れ出て、鈴の頬を伝い落ちる。しゃがみ込み、うずくまって鈴は泣き続けた。

「……ろさま、しろさま……！」

腕に顔を埋めたまま、無意識のうちに鈴はそうつぶやいていた。

「しろさま……しろさま、私……どうしたらいいですか？　おばあちゃん、このまま帰ってこなかったらどうしよう……！」

声に出して、タイル画に呼びかけるのは初めてだ。心の中で白狼と話をする習慣は、祖母にも誰にも秘密だった。

優しい祖母といぬがみ湯。大切なものをふたついっぺんに失うかもしれないという大きくて真っ黒な不安が鈴を襲う。

「大丈夫、帰ってくるよ」

優しい言葉が降ってくる。それに鈴は頭を振った。

「でも倒れたときのおばあちゃんの顔、真っ青だった……、あんなおばあちゃんは初めて。すごく、すごく苦しそうだった！」

「佳代はそんなにやわじゃないよ。あれくらいでくたばらないさ」

「でも……！」

そこで違和感を覚えて、はたと鈴は口を閉じる。心の中で答えてもらえたように感じたことはたくさんあるが、こんなにはっきり聞こえたことはない。

腕から顔を少し離し、鈴はしばらく考えた。

聞き間違い？　それとも都合のいい妄想？　自分は動揺しているから……

そんなことを考えながら恐る恐る顔を上げると、古い湯船の木枠に腰かけている男性が目に飛び込んできた。

「つっ……!?」

鈴は言葉もなく目を剥いた。

さっき電気をつけたときは、たしかにここには誰もいなかったはずなのに！

男性がにっこりと笑って立ち上がる。

「ひっ……！」

声を漏らして、鈴はその場に尻もちをついてしまった。濡れた床に手をついて言葉もなく彼を見つめる。

男性は少し長い銀色の髪を後ろで緩くひとつに結び、切長の薄い黄色の瞳とスッと通った鼻筋の涼やかな顔立ちだ。藍色のしじら織の浴衣をさらりと着こなしている。

……明らかに人間ではない。後ろから髪と同じ色のふわふわの立派な尻尾が覗いているからだ。十中八九あやかしなのは間違いないが、鈴が知るそれらとは大きく様子が違っていた。

存在感がまったくもって異なっているのだ。

いぬがみ湯に来るあやかしたちは、みな山にまぎれ人間にまぎれて、目立たないように暮らしている。だからその存在感はいつもどこか薄いのだ。

あやかしがどのくらい見えるかは人によって違う。よく見えるほうの鈴でさえ、入浴時に空いている洗い場を見つけたと思って椅子に座ろうとしてぶつかってしまい、そこにいたのだと気がつくこともしばしばだった。

それなのに、今目の前にいるあやかしはそれとまったく逆だ。ずっしりとした存在感は、まるで生身の人間のように感じられる。のみならず、出会っただけでありがたいような、そら恐ろしいような空気をまとっている。これは……？

「鈴？　どうしたんだ？」

動けないままの鈴に男性が首を傾げる。そのことに鈴はまたもや目を剥いた。

どうしてこのあやかしは自分の名前を知っているのだろう。

ぺたりと座り込んだまま、お尻でずるずると少し下がる。とにかくなるべく離れたかった。

「鈴？」

それなのに銀髪のあやかしは、あろうことか名を呼びながら、こちらへやってくるではないか。

「……！」

恐怖に顔を引きつらせて、鈴はまたずるずると下がる。

鈴は彼があやかしだから怖いと思っているわけではない。この異様な存在感には圧倒されているが、問題はそこではなかった。

彼が人間でいう超絶イケメンだからである。

人間は元々苦手な鈴だけれど、その中でも特に苦手なのが若くてカッコいい男性だ。カッコいい男性にはかわいい女性が集まって、イケてるグループができるというのが世の常で、それが鈴にとっては天敵ともいえる存在だ。いやそのグループは別にいい。それ自体は否定しない。

だが彼らは気まぐれに、退屈しのぎのように鈴をからかい傷つけることがあって、それが怖いのだ。関わりたくないと思うのに、同じ空間にいなくてはならない学校ではよく嫌な思いをした。今や反射的に美男美女を避けるようになっていて、話をするなどもっての他だ。

突然の出来事に、鈴の頭は混乱して正常な判断ができない。それなのに相手はどんどんこちらに近づいてくる。

負けじと鈴もずりずり下がりなるべく距離を取ろうとするが、背中が扉にぶちあたってしまう。

イケメンが残念そうに首を傾げた。

「鈴？　もしかして怖いのかな？　やっとこうして会えたのに」

そこでようやく鈴の口から声が出る。

「だだだだ……誰……？」

「ん？　私が誰かって？」

相手からの問いかけに、鈴がこくこくと頷くと、彼は後ろのタイル画を指差した。

その指に導かれるように視線を送り、鈴は「あ」と声を漏らす。

タイル画が、もぬけの殻だった。背景の天河山だけがそこにあり、一緒に描かれているはずの白狼の姿がどこにもない。

唖然としながら鈴は視線を戻し、改めてまじまじと男性を見た。

銀色の美しい髪、満月を思い出させる輝く薄い黄色の瞳、ふさふさの尻尾は、タイル画に描かれていた白狼とぴたりと一致する。

人と狼という違いはあるけれど、まさか……

その鈴の考えを肯定するように男性が口を開いた。

「鈴が呼んだんじゃないか。だからこうして出てきたのに」

「ええ⁉　まままさか、ししし、しろさま⁉」

大きな声が鈴の口から飛び出した。

「正解」

白妙がにっこりと笑う。けれど鈴は次の言葉を見つけることができない。

白狼の白妙は村の守り神とされている。長い村の歴史の中で土砂災害や地震など大きな災害に見舞われることがなかったのは、白妙のお陰だと皆常々口にしていた。

しかし、実際にその姿を見たことはなかった。

言い伝えの中だけの存在か、あるいは本当に存在したとしても天河山にいて人里には下りてこないのだと思っていた。なんせ神さまなのだから。

「ほほほほ本当に……？」

思わずそう問いかけると、彼はひょいと飛び上がりくるりと宙で一回転、着地したときはタイル画に描かれていた白狼になっていた。

「そうだ、私は鈴がよく知るしろさまだ」

白狼が目を細めて穏やかに微笑んだ。

「しろさま……！」

満月色の瞳で見つめられて、鈴の胸が熱くなった。

疑問はたくさんあるけれど、彼が白妙ということは間違いない。こんなに綺麗な白狼は、神さまだとしか思えない。

「しろさま……」

目の前の美しく気高き狼に言葉もなく見惚れながら、なんだか鈴は、ずっと憧れ続けていたアイドルに会えたような気分だった。ずっと空想の中だけの存在だったしろさまが目の前に現れたのだ。

白狼は飛び上がり、再び人間の姿になる。そして鈴を見つめて意味深な笑みを浮かべた。

「それにしても、鈴に〝しろさま〟と呼ばれるのはいいものだね。もう一度呼んでおくれ」

その言葉にぎょっとして、鈴は慌てて口を押さえた。〝しろさま〟というのは、鈴の心の中だけの呼び方だからだ。

この村の人たちは皆〝白妙さま〟と敬意を込めて呼んでいる。鈴だって誰かの前で口にするときはそうしている。

「も、申し訳ありません！」

真っ青になって鈴は深々と頭を下げる。神さまをあだ名で呼んでしまうなんて、絶対にやってはいけないことだった。

白妙が一瞬驚いたように瞬きをして、すぐにふわりと尻尾を揺らして微笑んだ。

「謝らなくていい。いいものだなと言ったじゃないか」

「でも……」

「もう一度聞きたい。ほら、呼んでおくれ、しろさまと」

「え⁉　えーと……」

叱るどころか、嬉々としてもう一度呼べと言う白妙に、鈴は面食らって言葉に窮する。なんだか変な気分だった。にこにことして、「ほらほら」と鈴を促す白妙は、町で知られている天河村の山神さまというイメージとは随分と違っている。

「ほら、早く」

「で、でも、白妙さまをそんなふうに呼ぶわけには……」

躊躇して鈴は戸惑う。白妙が口を尖らせた。

「なんだ、いつもは呼んでくれるじゃないか。しろさま、しろさまって。あれを声に出してくれるだけでいいのに」

「いつもって……え⁉　ええ！　もももしかして……！」

言いながら鈴は真っ赤になってしまう。そのいつもというのは、もしかして風呂の相談タイムのことだろうか。

白妙がうれしそうに頷いた。

「毎日の私の楽しみだ。この二年間、鈴が来なくて寂しかったんだよ」

「あ、あ、あれを聞かれていたんですか……？」

「もちろんだ。鈴は私に話していたんだろう？」

にっこり笑う彼を見つめて、鈴はこれまで自分がタイル画に向かって話をした内容を一生懸命思い出そうとする。でも頭が混乱していて無理だった。

……とにかく、誰にも言えないような恥ずかしいことばかりだったのは間違いない。

冷や汗をかく鈴をよそに、白妙がうっとりとした。

「鈴に『しろさま』と呼ばれると、何もかも鈴の思い通りにしてあげたくなるんだよ。もちろん、そんなことはしていない。なんといっても私は神さまなのだから。村の者には公平であらねばならないと、佳代に口を酸っぱくして言われているし……いやそもそもこの取り決めには、私は不満なのだけれど」

何やらぶつぶつと言っている。その言葉に鈴はハッとした。

「そうだ、おばあちゃん……」

あまりの出来事にスコンと頭から抜けていた祖母のことを思い出して、また暗い気持ちになる。

白妙が鈴のそばでしゃがみ、大きくて温かい手で鈴の頭を撫でた。

「大丈夫だ」

「……しろさま」

「大丈夫」

満月色の瞳と、頭から感じる温もりに、鈴の中に渦巻いている真っ黒な不安が少しずつ薄まっていく。おばあちゃんは必ずここへ帰ってくると自分に言い聞かせた。

「そうですね」

少し心が落ち着いて頷くと、どっと疲れを感じて急に眠くなる。半分になった目を擦った。

「今日はもうおやすみ。疲れただろう」

優しい声音とともに、鈴はふわりと抱き上げられた。

「あ」

「部屋まで運んでやろう」

敬い大切にするべき神さまに、部屋に連れて行ってもらうなどあってはならないと思うのに、もう身体に力が入らない。

頬に感じるしじら織の浴衣からは、替えたての畳のようないい香りがする。ゆらゆらと心地のいい振動に逆らうことはできなかった。目を閉じると夢の世界はすぐそこだ。

「おかえり、鈴。よく帰ってきたね」

優しい言葉を聞きながら、鈴は眠りに落ちていった。

第二章　鈴の決意

清々しい朝の空気の中、小鳥のチュンチュンというさえずりを聴きながら、鈴はゆっくりと目を開く。古い木枠の傘の電気が吊り下がる見慣れた天井が目に入った。いぬがみ湯の祖母の部屋だ。時々泊まる鈴のために、専用の布団と枕、パジャマが置いてある。そのパジャマを着て、畳の上に敷かれた布団に寝ている。

「あれ……？　私……」

首を傾げながら起き上がる。なぜここにいるのか、すぐには思い出せなかった。

「えっと……確か昨日はこの町に帰ってきて……」

だんだんと昨日のことを思い出す。

突然倒れた祖母のこと、両親との諍い、そしてそのあとの……

「あ……！　しろさま……？」

そうだ、タイル画の中だけの存在だと思っていた白妙が現れたのだ。そのあとで記憶が途切れているけれど、今ここにいるということは……

「あれは……夢？」

そうなのだろう、と鈴は思う。でもだからといってただの夢だとは思わなかった。なんといっても神さまなのだ。夢の中に現れて落ち込んだ鈴を励ましてくれたのだろう。その証拠に、昨日はあんなにいろいろなことが起きたのに、まったく疲れが残っていないし、頭もすっきりとしている。そして、不安だらけだった気持ちも落ち着いていた。

鈴は目を閉じて胸を押さえてつぶやく。

「しろさま、ありがとうございます」

そしてまた目を開けたとき、玄関の扉をガラガラと開ける音がした。

時計を確認すると八時を過ぎたところだった。

こんな朝に誰だろう？

鈴がガラス戸を開けて確認すると、玄関で靴を脱いでいたのは、父の宗一郎だった。

「ああ、鈴おはよう」

父は鈴の顔を見ても驚きもせずに、番台を回り込み部屋の中へ入ってくる。

両親、特に母と揉めたときに、鈴が祖母のところに泊まるのは昔からよくあることで、昨夜鈴が家を飛び出したあとも特に捜しにこなかったのはここにいるという確信があったからだろう。

「おばあちゃんの保険証を取りに来たんだよ。鈴、どこにあるかわかるか？」

「……おばあちゃんはそこの引き出しに大事な物を入れてたような気がする」

もはやアンティークといえるような古い古い茶箪笥を指差すと、父は頷いて引き出しをひとつひとつ確認し始める。その背中に、鈴は問いかけた。

「お父さん、ここを……いぬがみ湯を閉めるって、本気なの？」

母がそう言うのはある意味仕方がないと鈴は思う。彼女にとってこの場所は、特に思い入れはなく、父の実家あるいは町の銭湯という認識でしかない。

しかし、父はそうではないはずだ。白妙を祀りあやかしたちが集う場所だと知っている。それなのに、閉めることに同意したのが鈴には理解できなかった。

「……おばあちゃんがあの状態じゃどうしようもないだろう」

保険証を探し当てて振り返った父が情けないことを言う。

それに言い返そうとして、鈴がまた口を開きかけたとき、玄関扉の向こうから人の話し声がすることに気がついた。

「あれ？　……誰か来た？」

首を傾げて父を見る。

「……みたいだな。入浴客じゃないだろうが」

父とふたり、玄関へ行き外へ出る。前庭にいたのは母と見慣れない若い男性だった。

「それにしても立派な庭ですね。川もいい眺めだ」

男性が大袈裟に感心している。

「古いだけですよ。こちらが玄関です、中へどうぞ」

母がそう言って振り返り、父と鈴に気がついた。

見ず知らずの人物を勝手にいぬがみ湯に招き入れようとする母を、鈴は不快に思う。そもそも母がここへ来るのは、何年振りかわからないくらいなのだ。それなのに勝手に人を連れてきて、あろうことか中に入れようとするなんて。

「何しにきたの？　お母さん」

扉を後ろ手に閉めて母を睨んだ。

「鈴、失礼じゃないの。お客さまがいらっしゃってるのに」

母が渋い顔でそう話すと、隣の男性が口を開いた。

「娘さんですか？　こちらこそ突然お邪魔してしまい大変失礼いたしました。私はこういう者でございます」

彼は丁寧にお辞儀をして、鈴に名刺を差し出した。

受け取ると『くちなわリゾート開発取締役副社長　蛇沢《へびさわ》喜一《きいち》』と書いてある。その社名と肩書きに、鈴は驚いて目を見開いた。

くちなわリゾート開発は、観光業で国内トップクラスのシェアを誇る大会社だ。そんな会社のしかも副社長が、こんな田舎に一体何の用なのだろう。

訝しみながら改めて目の前の男性を見る。ひょろりとした体型にかっちりとしたスーツを着て、髪をぴったりと七三分けにしている。糸のように細い目でジッと見られると、なぜか鈴の胸がざわざわとした。

蛇沢が元々細い目をさらに細くして、貼りつけたような笑みを浮かべた。

「本日はいぬがみ湯の経営権をお譲りいただけないかと思いまして、お伺いした次第です」

母がうれしそうに口を開いた。

「いぬがみ湯の経営を引き継ぎたいとおっしゃってくださっているのよ」

「ひどいよ、お母さん！　おばあちゃんが倒れたばかりなのに！」

しゃらりと言ったその言葉に、鈴はカッとなって声をあげた。

すぐにこんな話を持ってくるなんて、いくらなんでもあんまりだ。非情とも思える彼女の行動が許せなかった。

そこへ蛇沢が口を挟んだ。

「いやそれは、まったくの偶然でございます。お母さまからご連絡をいただいたわけではございません。こちらからアポイントなしに、突然お邪魔させていただきました。おばあさまの件はさきほどお伺いしまして、大変なときに来てしまったことを申し訳なく思っております」

母がため息をついた。

「日を改めてとおっしゃられたのだけど、せっかくこんな田舎まで来てくださったんだもの。せめて現地を見ていただくだけでもと思ったのよ」

そう言って、鈴に断りもなしに彼を建物の中へ促そうとする。

「さあ、蛇沢さん、どうぞ。昨日の今日ですから、中は散らかったままですが」

「ダメだってば！」

ふたりの前に立ちはだかり両腕を広げて、鈴はそれを止めた。

母が眉を寄せた。

「鈴……昨夜、ここを閉めてしまうことにあんなに反対したじゃない。くちなわリゾートさんはいぬがみ湯を買い取って、そのままお宿として営業したいとおっしゃってくださっているのよ。こんなにいい話はないと思うけど」

「もちろん多少のリノベーションはいたしますが、基本はこのまま営業させていただきたいと考えております。地元の人たちに親しまれている銭湯も残す計画ですよ。その上でこの情緒溢れる雰囲気はそのままに、我が社の集客ノウハウを駆使しまして、いぬがみ温泉郷を秘湯から名湯へと――」

「お断りします。いぬがみ湯は、売りません。お引き取りください」

耳触りのいい言葉を次々に並べる蛇沢に、鈴はいいしれぬ不審感と不安感を覚え、その言葉を遮った。

　初対面の相手にこんなにはっきりとものを言うなんて普段ならありえない。そもそもよく知らない相手と話をすることすら苦手なのだ。自分が口にした言葉を相手がどう捉えるか、まったく予測がつかなくて怖い。

　……今だって怖くないわけではない。

　でもどうしてもこれだけは言わなくてはならない。夢の中で白妙に頭を撫でてもらった際の手の温もりを思い出し、自分で自分を励ました。

「お引き取りください」

　そう繰り返すと、蛇沢は細い目で鈴をジッと見る。口元にうっすらと笑みを浮かべて。

「だったらどうするのよ！　ここを閉めるのは嫌なんでしょう？　なら営業はくちなわさんに引き継いで、続けてもらえばいいじゃない。あなたは今まで通り毎日入りに来られるし、地元の方も喜ぶわ。それともこのまま閉めてしまってもかまわないの？」

　母が顔色を変え、畳みかけるように正論を吐く。たしかに母から見れば一番いい方法だ。

　でも鈴はそうは思わない。

　ここは特別な宿なのだ。山神さまである白妙を祀り、湯に入りに来るあやかしたちと共存できなくては意味がない。

「ダメ。売るなんてダメだよ！」

本当の理由を言えないことがもどかしくて鈴は首を横に振った。

「ご不安になられるのはごもっともです。ですがどうぞご安心くださいませ。この町で長く続いてきたいぬがみ湯を必ずや大切にいたしますよ」

蛇沢がいかにも誠実そうな笑みを浮かべる。それを鈴は本能的に信用できないと感じていた。ねっとりとした蛇沢の視線から逃れるように頭を振って、母と彼を睨みつける。そして彼らに宣言した。

「私がやる！　私がいぬがみ湯の営業を続ける！」

大きな声でそう言って、次の瞬間ハッとする。よく考えずに咄嗟に出た言葉だけれど、口に出してみれば、そうするのが必然だと感じるから不思議だった。

そうだ、そうすればよかったんだ。

いぬがみ湯の仕事は、小さいころから祖母を手伝っていたから自然と身についている。宿のほうはまったく関わらせてもらえなかったが、そもそも宿泊客は滅多に来ない。

祖母が目を覚ますまで鈴が代わりとなって、今まで通りの営業を続けるくらいはできるだろう。今後のことは、祖母が目を覚ましてから相談して決めればいい。

そうだ、そうしよう。

「おばあちゃんが目を覚ますまでは、私が代わりに営業する。小さいころから見てきたもん。だいたいのことはできるし」

その鈴の決断に、母は険しい顔になった。

「何を甘いことを言ってるの！　あなたにできるわけがないじゃない。就職活動でも接客業は避けたって言ってたくせに」

「それは……そうだけど。でもいぬがみ湯に来るのは町の人ばかりだし、知らない人じゃないからなんとかなるよ」

これまでの鈴はいつもどこか諦めてやり過ごすことが多かった。やりたいと思うこと、こだわりたいところが周囲と違って、ダメだと言われた瞬間に諦める癖がついていた。

けれど、これだけはどうしても諦めるわけにはいかなかった。これだけは譲れないという強い気持ちが湧いてくる。ここで譲ってしまったらきっと一生後悔するに違いない。

母が目を釣り上げて鈴を問いつめる。

「就職活動はどうするの？　どちらもやりながらは無理でしょう？」

「……そ、それは、おばあちゃんが目を覚ましてからにする。それまではいぬがみ湯の営業に専念するよ」

今となっては、祖母が倒れた日に、就職が決まっていない自分が町に帰ってきたのはこのためだったとすら思う。もし自分がここにいなければ、いぬがみ湯は両親によって勝手に閉められていただろう。

でももちろん、母の考えはそうではない。大きな声で鈴の意見を否定した。

「何言ってるの！　あと回しだなんて絶対に許しません！　おばあちゃんの件を口実にして嫌なことから逃げているだけでしょう！」

頭ごなしにひどい言葉で鈴をなじる。そのあまりの言い草に鈴の頭に血が昇る。

「逃げてなんかないよ！　そもそもお母さんなんて、ここに来るのも何年振りかわからないくらいじゃない！　部外者が口出ししないで！」

負けじと鈴もひどい言葉で応戦すると、痛いところを突かれたように母は一旦口を閉じる。そしてさっきから扉のそばでおろおろしながら成り行きを見守っている父に助けを求めた。

「部外者って……家族のことじゃない。ちょっと、お父さん。なんとか言ってよ」

「え？　いや、あー、そ、そうだなぁ……」

突然自分に矛先が向いてあたふたとしながら、父が口を開いた。

「うー、まぁ、そうだな……。お母さんの言う通り、いぬがみ湯を続けるのは鈴にはちょっと荷が重いんじゃないかな。その……もしかしたらいろいろおばあちゃんしか知らない事情なんかもあるかもしれないし。……うん、やっぱり鈴には、無理だ。お母さんの言う通りお前は就職活動に専念しなさい」

どうも歯切れが悪いものの、全面的に妻の味方をする。わかってはいたけれど鈴は悲しい気持ちでいっぱいになった。

早く就職をしろ、もう子どもじゃないんだからと言いながら、結局のところ両親は少しも鈴を信用していない。鈴の意見なんてどうでもよくて、ただ自分たちの思い通りにしたいだけなのだ。

我慢できずに鈴は声をあげる。

「お父さんとお母さんの意見はどうだっていい。私は私の思う通りにするんだから！もう帰って！」

そして父の背中をぐいっと押し、玄関扉をやや乱暴に開け中に入る。ピシャリと扉を閉めて滅多に使わない内鍵を後ろ手にかけた。

「あ……！　こら鈴！」

「鈴⁉　開けなさい！」

外から憤る両親の声がするけれど、開ける気にはなれなかった。

「まぁまぁ落ち着いてください。おばあさまが倒れられたばかりでは、冷静でいられないのは当たり前です。また日を改めましょう。こちらとしては急ぐ話ではありませんから。いつでもお待ちしております」

蛇沢が両親をなだめている。

「宿の営業はノウハウも経験もなしにやれるほど生やさしいものではございません。娘さんも一度やられたら、すぐに現実がわかるでしょう。いぬがみ湯に並々ならぬ思いがおありのようですから、私たちが引き継いだあと、従業員として採用して差し上げましょう」

どこか胡散《うさん》くさい蛇沢の言葉に、母が「本当ですか？」と弾んだ声を出している。

その言葉を聞きながら、鈴は決意を固めていた。

そんなことになるものか！　いぬがみ湯は絶対に私が守ってみせるんだ。

両親と蛇沢喜一が帰ったあと、すぐさま鈴はいぬがみ湯の掃除を始める。

いぬがみ湯の営業時間は午後の四時から十一時。今からやれば今日の営業に間に合うかもしれない。

まず脱衣所、休憩処を回り、マットやタオルを集めてきて、それを裏の洗濯機に入れて回す。

次にすべての場所を丁寧に箒《ほうき》で掃く。黒光りする板の床はゴミが落ちていてもさほど目立たない。それほど汚れていないように見えたけれど、埃やら髪の毛がどっさりだった。

それが終わると拭き掃除だ。

初めに脱衣所の棚をひとつひとつ丁寧に拭く。すると雑巾はすぐに真っ黒になった。唇を噛んで鈴はそれをしばらく見つめる。そして裏からたくさんの雑巾を持ってきてまた黙々と拭く。休憩処にある椅子や机、ドリンクが入った冷蔵庫、番台までをすべて拭きあげたころには真っ黒な雑巾の山ができていた。

それを抱えて洗濯機へ行くと、ちょうどさっき回した分が終わっている。洗濯機から終わった分を出し、代わりに雑巾を入れてまたスイッチを押した。それから庭に行き洗濯が終わった分を干した。天気がいいから今日中に乾くだろう。

そのあとすぐ鈴は浴場へ向かう。

祖母はたいていこのタイミングで一度休憩を入れていた。でも今はとてもそんな気分にはなれなかった。

浴場で洗い場の鏡、台や椅子、桶などをゴシゴシと磨く。力を入れて擦るたびにそれらは綺麗になるけれど、鈴の心は晴れなかった。

『いぬがみ湯は白妙さまの恵みの湯、いつも綺麗にしていなくてはいけないよ』

幾度となく祖母から聞かされていた言葉だった。だからいぬがみ湯は古くともいつもピカピカだったはず。チリひとつ落ちていないのが自慢だったはずなのに。

今のいぬがみ湯は、明らかに掃除が行き届いていなかった。祖母が掃除をサボるはずはないから、高齢でできなくなっていたのだろう。

その事実を目の当たりにして、鈴は暗澹《あんたん》たる思いになる。

『もう限界だったのよ』

母の言葉が頭に浮かぶ。

強い反発を覚えたけれど、あの言葉は本当だったのだ。もしかしたら倒れた原因のひとつは、ひとりでここを切り盛りし続けてきた疲労もあったのかもしれない。

……だとしたら、おばあちゃんが目を覚ましたとして、今までみたいにここを続けることができる？

また、大きくて真っ黒な不安が胸に広がっていくのを感じながら、鈴は歯を食いしばり力を込めて磨き続ける。じわりと涙が滲むのが情けなかった。

まったく自分は考えなしの弱虫だ。

こんなことだから誰にも信用されないのだ。

銭湯をやることを反対されるのだ。

しゃがみ込んでの作業はすぐに腰が痛くなる。痺れを感じるくらいだった。それでも鈴は黙々とタワシを動かし続けた。女湯男湯、両方の洗い場がピカピカになったころには、茶色いタワシはボロボロだった。しかし、それで終わりではない。

今度はデッキブラシを出してきて床磨きだ。静かな大浴場に鈴がブラシで床を擦るシャッシャッという音だけが響いた。

最後に桶を持ってきて、湯船から湯をすくいザバンザバンと床を流す。三時間あまり経って、ようやくひと通りの掃除が終わった。

桶を手に突っ立ったまま鈴は思いを巡らせた。

もし祖母がもういぬがみ湯を続けられないのなら、今自分がここで営業を続けることにいったいなんの意味があるのだろう。

大江家は代々いぬがみ湯を営んできた。

本来、祖母の後継は父になるが、町役場に勤める彼にその気はまったくない。それどころか閉めようと言う始末なのだ。もしかしたら父はいぬがみ湯を続ける責任が自分に降りかかるのを避けたいのかも……

そこで鈴の頭にきらりと何かが閃いた。

……だったら自分が後継になるのはどうだろう？　祖母に代わりいぬがみ湯を存続させるのは？

父を飛ばすことにはなるし、まだ二十歳になったばかりだけれど、いぬがみ湯を大切に思う気持ちは誰にも負けない。

もちろん両親は反対するだろう。祖母が目を覚ますまでの間だけでもあれほどやいやい言われたのだ。絶対に許してはもらえない。

それでも、もう鈴は大人なのだ。いちいち両親の許可はいらない。

桶を持つ手に知らず知らずのうちに力がこもる。そのまま鈴は考え続けた。

とりあえず自分なりにやってみる。祖母が目を覚ましたら無理のない範囲で正式に仕事を教わればいい、その上で両親に……

——ザバン。

突然、水音が耳に飛び込んでくる。振り返ると、銀髪のイケメンが湯舟につかっていた。

「きゃあ！」

飛び上がるほど驚いて鈴は桶を取り落としてしまう。カコーンという音を鳴らして桶はコロコロところがった。

白妙が少し湿った銀髪を大きな手でかき上げて、満月色の目を気持ちよさそうに細めた。

「ん〜！　やっぱり鈴の掃除は格別だね。最高の一番風呂だ！」

そして目を剥いたまま固まっている鈴を見て呆れたような声を出した。

「あれ？　鈴、まさかまた驚いてるの？　こうして会うのは二回目なのに」

たしかにそうかもしれないが、そもそも鈴は夢の中の出来事だと思っていた。もちろんただの夢ではないと思ってはいたけれど……

「それに風呂掃除をしたあとに、私が一番風呂に入るというきまりごとも鈴は知っているはずだろう？」

「それは……そうですが。でも……本当に？」

唖然として鈴はつぶやく。

「本当に決まってるよ。まさか疑っていたのかい？」

尋ねられて、慌てて首を横に振った。

いぬがみ湯では毎日の風呂掃除を終えたあと、浴室の扉を閉めてしばらく誰も浴室へ行かないようにする。

『白妙さまに一番風呂に入っていただくためだよ』

祖母からはそう聞いていた。

山神さまの恵みの湯は白妙さまに一番風呂に入っていただくことでご利益を発揮する。だから決して興味本位で見にいってはいけないときつく言われていた。

それを疑ったことはないが、ある種の儀式なのだと思っていた。

まさか本当に入浴していたなんて！

白妙は両手で湯をすくい上げ顔を拭い、また気持ちよさそうに目を閉じる。銀色の毛先からポタリポタリと雫が落ちる様子に、神さまらしくない何かを感じてしまい鈴の胸はドキドキした。

考えてみれば鈴は父親以外の男性の裸を目にするのは初めてだ。いや男性というか彼は神さまなのだけれど、とにかくちょっと見ていられない。

「で、ではごゆっくり……」

もごもご言ってくるりと身体の向きを変える。そして、そそくさと浴場をあとにした。


前庭を望む渡り廊下を、たくさんの飲み物がのった盆を手に、鈴は大浴場へ向かって歩いている。

盆の上にはペットボトルのミネラルウォーター、麦茶、オレンジジュース、水色のガラス瓶が涼しげなラムネ、同じく瓶のコーヒー牛乳と、フルーツ牛乳……いうまでもなく湯上がりの白妙のためのものだ。

逃げるように浴室を出たすぐあとに、鈴は大事なことを思い出した。

浴室の扉を閉めたあと、祖母はいつも男湯の脱衣所にコップ一杯の白湯《さゆ》を置いていたのだ。風呂上がりに白妙が飲むためのものである。

そのことを思い出して、鈴は真っ青になってしまった。

その白湯《さゆ》は朝起きてすぐに裏庭の湧水を汲んできて沸かし、コップにとって冷ましておかなくてはならない。掃除が終わるころに、ちょうどいい温度になっているように。

当然、今から沸かしても間に合わない。

……氷を入れて冷やしてもいいものなのだろうか？　それとも冷蔵庫にミネラルウォーターがあるから、そっちのほうがいい？　でも神さまにミネラルは必要ないだろうし……ならばいっそ水じゃなくてお茶のほうがいいのでは？

なんてことを考えていたら頭の中がぐちゃぐちゃになってきて、わからなくなってしまった。そして叱られるのを覚悟で、冷蔵庫にあるラインナップの中から選んでもらおうと思ったのだ。

休憩処の大きな窓からは天河村が一望できる。

白妙が窓際に立ち、その景色を眺めている。開いた窓から吹きこむ風になびく銀色の髪と愛おしげな眼差しに、鈴の胸がトクンと鳴った。

「白妙さま、お飲み物をお持ちいたしました」

遠慮がちに呼びかけると、彼はゆっくりと振り向いて盆の上の飲み物に目を留めた。

「それを私に？」

「はい……申し訳ありません。その……白湯《さゆ》を準備し忘れてしまいまして。冷蔵庫にあったものになりますが、この中からお選びいただけると……」

「うれしいなぁ、本当にその中から選んでもいいのかい？」

「え？　……は、はい。お好きなものをどうぞ」

鈴が頷くと、白妙はいそいそと机のところへやってきて、言葉の通りうれしそうに飲み物を選び始めた。

「今さら水はつまらないね。茶もやめておこう。お、これがコーヒー牛乳だね。湯上がりに飲むと格別だと、子どもらがよく言っているけれど、あれは本当なのだろうか。フルーツ牛乳というのもずっと気になっていたんだが。それにしても鈴は優しいな。佳代はいつも白湯《さゆ》しかくれなかったのに」

あれこれと言いながら最終的に彼はラムネを選び、キュポンと開けて飲み始める。ごくごく動く男らしい喉元に鈴の視線が釘づけになった。

また胸がドキドキとして、頬まで熱くなっていく。その自分の反応に鈴は途方に暮れてしまう。

ここは白妙を祀る場所。

二日連続で彼が姿を現したということは、今まで鈴が知らなかっただけで、よくあるのだろう。つまり鈴がここにいる限り、これからも彼と話をする機会があるということだ。

それはとてもうれしいけれど、どうにも胸が落ち着かなくて居心地が悪かった。

このドキドキの原因は、ずばり彼の見た目が鈴の苦手な超絶イケメンだからだ。神さまに苦手意識を持つなんてよくないことだとわかってはいるが、これぱかりはどうしようもない。

窓から差しこむ午後の日差しをキラキラと反射させる水色のビー玉を見つめながら鈴は少し罰当たりなことを考える。

昨日のことが夢でないなら、彼は狼の姿にもなれるはず。いや本来は狼の神さまなのだから、あちらが本当の姿なのだ。それなのにどうして人の姿で出てくるのだろう。狼の姿ならこんなにドキドキしないのに……。

「ん～美味しかった！　鈴が掃除をした風呂に入り、鈴が準備してくれたラムネを飲む。今日は最高の一日だ」

ラムネを飲み干して、満足げに白妙が言う。

姿の問題はさておいて、手放しでほめられたことは素直にうれしかった。

「丁寧に掃除をしてくれたね、ありがとう」

そう言って彼は大きな手で優しく鈴の頭を撫でる。その温もりに鈴は不思議な気持ちになった。

昨夜もこうやって彼は頭を撫でてくれた。すると途端に不安な気持ちは落ち着いて、穏やかな気持ちになれたのだ。

今も頭に乗る優しい重みに、励まされているような心地がする。さっきまで考えていたことを、彼に尋ねてみたくなる。

「あの……白妙さま」

いぬがみ湯の神さまとして彼は、鈴が祖母の代わりにここの営業を続けたいと言ったら、どう思うだろう？　初日から白湯《さゆ》を用意し忘れるという大失態を犯してしまったけれど……

「白妙さま、お尋ねしたいことがございます」

恐る恐る鈴が言うと、白妙が眉を寄せて不満そうな表情になる。そして口を尖らせた。

「しろさまだ」

「は？」

「しろさまと呼んでくれと言ったじゃないか。私と鈴の間で白妙さまだなんて他人行儀な呼び方は許さないよ」

「え⁉　……で、でもあれ……ほ、本当だったんですか？」

だって神さまをそんなふうに呼ぶなんて本当ならありえない。祖母に知られたら大目玉を食らうだろう。それなのに彼は、神さまらしくない大人気ないことを言う。

「もちろん本当だ。そう呼んでくれないと、どんな話も聞かないよ」

そして腕を組んでそっぽを向いてしまう。白い尻尾がふわふわとするその姿がなんだか少しおかしくて、鈴は思わず吹き出した。

「ふふふ……！」

山神さまと敬われている彼のこんな姿をいったい誰が想像できるだろう。

なぜそんなにも呼び方にこだわるのか。それついては不明だが、彼が呼んでほしいと言うならば、そうするべきだ。彼は神さまなのだから。

「わかりました、しろさま。ふふふ」

笑いながらそう言うと、彼はくるりと振り返り満月色の目を細めた。

「鈴の笑顔はかわいいな、見てるだけで心が洗われるようだ」

「え……ええ⁉」

大げさすぎる彼の褒め言葉に、鈴の頬が熱くなった。家族以外にこんなふうに褒められるのは初めてのことだった。

「そんなことないです。私、うまく笑えなくて、いつも叱られてばかりだから……」

これも鈴のコンプレックスのひとつだった。本当に楽しい気持ちのときはともかくとして、そうでないときに笑顔を作ることが鈴にはとても難しいのだ。

「別にうまく笑う必要などない。笑いたくなければ、笑わなくてよい」

白妙はそう言うけれど、そういうわけにいかないのが人の世だった。

写真撮影やクラスメイトとのちょっとしたやり取り、近所の人との会話の際、愛想笑いができなくて、〝何を考えているのかわからない〟〝暗い奴だ〟と言われることが多かった。

つい最近の就職活動でもこれがネックになったのだ。志望動機をうまく話せないならば、せめてニコニコしていろと就職課のスタッフに言われたが、どうしてもできなかった。

お世辞や気の利いたことが言えず、愛想笑いもできなくては、人づき合いに支障をきたすのは当然だ。

急に過去を思い出し少し暗い気持ちになって鈴はうつむく。すると頬に大きな手が添えられた。その手に促されるままに上を向くと、満月色の綺麗な瞳が自分を見つめていた。

「だからこそ、鈴の笑顔は特別なのだ」

「え？　特別……？」

瞬きをしてつぶやくと白妙が頷いた。

「相手に合わせておこうとか、相手を利用しようとか、邪《よこしま》な気持ちがひとつもない清らかな笑顔なのだ。そもそも鈴の言葉には嘘がない。嘘は言わないだろう？　その心が私にはこのうえなく心地いい」

「しろさま……」

そんなふうに思うのは彼が神さまだからだろう。神さまは、邪《よこしま》な心や嘘が嫌いだ。

人間相手にはそうはいかない。

それでもその言葉は鈴の胸に入り込み、染み渡るように広がる。

直さなくてはならないと言われ続けてきた欠点を、生まれて初めて褒められた。特別なのだと言ってもらえたことがうれしかった。じわりと滲む視界の先で白妙が首を傾げる。

「それで、聞きたいこととはなんなのだ？」

「あ、そうだった。えーと……」

目尻の涙を拭きながら鈴は口を開いた。

「しろさま。おばあちゃんの入院は長引きそうなんです。だからここの営業はしばらく私がやろうと思います。しろさまは、私がここをやることに賛成してくださいますか？」

普段の鈴ならこんなふうにすらすらと言葉が出てこない。イケメンの男性を前にしているならなおさらだ。

でも今は、タイル画の白狼に向かって話をしていたときとまったく同じ気持ちだった。昔からずっと慕わしく思っていた鈴の大好きな白狼とまったく同じ存在なのだ。

「もちろん大賛成だ。佳代の代わりは鈴しかいない。鈴には誰よりもいぬがみ湯を思う心があるからね。それに掃除は誰よりも丁寧だ」

即答されて、鈴の胸はこれ以上ないくらいにうれしい気持ちでいっぱいになった。

他の人はともかくとして彼にだけは、反対されるわけにいかないと思っていたからだ。でもそんな心配は無用だったわけだ。渋らないどころか、大賛成と言ってもらえるなんて！

「ありがとうございます！　失敗もあるかもしれませんが、私精一杯やります」

張り切ってそう言うと白妙はにっこりとする。

「失敗など恐れなくてもいいよ。そもそもあやかしどもは勝手に入りに来ているんだ。もてなしなど不要だし、気楽に気楽に。……でもそうだな」

そこで、彼は何かに気がついたように、言葉を切って考え込んだ。

「……宿のほうはしばらく休みにしたほうがいいだろう。あちらは何かと気苦労が多いだろうし……」

そう言って何やらひとりで納得している。その言葉に引っかかりを覚えて、鈴は首を傾げた。

そもそも宿はほぼ休業状態だったはず。念のためさっきの掃除の合間にも番台で確認したが、大学ノートの予約表は向こう数ヶ月真っ白だった。休みにするほうがいいというのはその通りかもしれないけれど……

「宿は予約が入ったときに考えようと思います。素泊まりなら問題ないような気もしますし、今は予約もありませんし」

「あ」

白妙はまた何か気がついたように声を漏らす。

「そうか、鈴は知らないのだな」

「しろさま？」

何をですか？　と、問いかけようとしたそのとき。

「なんだい！　誰もいないのかい！」

ガラガラと玄関扉が開く音と、誰かの不機嫌な声がして口を噤む。

誰だろうと首を傾げる鈴の隣で、白妙がまずいというようにつぶやいた。

「げっ、さっそく来てしまったよ」

玄関にいたのは老齢の女性だった。歳のころは祖母と同じくらいだろうか。

淡い紫色に、金糸で花の刺繍が施された唐風の上衣に、若草色の帯を前結びで締めている。裾は濃い桃色だ。黒々とした髪はツノを作るようなとがったお団子に結い上げられ、金の髪飾りがついている。手には透ける素材の大きなうちわを持っていた。

小さいころに絵本で見た、七夕伝説の織姫さまのようだと鈴は思う。やや目元がきついけれど美しい人だ。

着ているものは風変わりではあるものの、その存在感は人のようにずっしりとしている。しかし彼女のまわりに薄い桃色の羽衣がふわふわと浮いているところを見ると、人ではないのは明らかだ。

それに、ひと目見ただけでありがたいと手を合わせたくなるような存在感。この感じを鈴はもう知っている、人ならざるものでありながら、あやかしとも違う。

つまり、神さまだ。

「なんだいあれは！　入口のところにロープが張ったままだったよ！　私が来ることはわかっているはずなのに、いったいどういうことだい？　まったくこんなことは初めてだ」

正体不明の神さまは、眉間《みけん》に深い皺《しわ》を寄せて鋭い視線で鈴を睨む。それだけで鈴の背筋にびりびりと緊張が走った。小学三年生のときの苦手だった担任教師を彷彿とさせる。

いったいなぜこんなに怒っているのかさっぱりわからないけれど、どちらさまでしょうかと、尋ねるのは憚られる雰囲気だ。

代わりに鈴の後ろから白妙が答えた。

「弁天《べんてん》、これには事情があるんだ。そうカッカしないでくれ。鈴が怖がっているじゃないか」

その名前に鈴は首を傾げた。弁天……聞き覚えのある名前だ。

そのとき。

「ああ、弁天さま……！」

今度は弁天さまと呼ばれた女性の背後から年配の男性が現れる。

彼は鈴もよく知る人物だった。というか、この天河村で知らない人はいない天河村の町長、佐藤《さとう》だった。

彼は慌てたように汗を拭き拭き玄関の中へ入ってきて、弁天にぺこぺこと頭を下げた。そして事情を説明する。

「弁天さま、大変失礼いたしました。これにはわけがありまして。実は女将の佳代さんが昨晩倒れたのでございます。急なことでしたから、本日弁天さまがおいでになるのはわかっておりましたが、準備ができておりません」

すると、弁天がうちわを口もとに当てて眉を寄せた。

「佳代が……それで、無事なのかい？」

「それが……命に別状はないそうですが、いつ目を覚ますかわからないそうです」

苦しげに言って佐藤は肩を落とす。

「そうかい……。でもそれとこれとは別だよ。そういうことなら、きちんと知らせなきゃいけないいんじゃないかい？　どんな事情があるにせよ、宿泊客には関係のないことだ」

「それはもう、そうでございます。はい」

佐藤が再び頭を下げた。

ここまでの話を聞いて、ようやく鈴にもぼんやりと事情が見えてきた。

つまり弁天はいぬがみ湯の宿泊客。泊まりに来てみたら出迎えもなく、番台に誰もいなかったので怒っているのだろう。

「申し訳ありません、申し訳ありません」

とはいえ、なぜ町長の佐藤が冷や汗をかいて謝っているのかは不明だが。

「どんな事態が起きても客には最高のもてなしをするのが玄人《くろうと》の仕事だろう。佳代がいなくてはどうにもならないということ自体が問題だ」

怒り心頭の弁天は、そう言って鈴をじろりと睨んだ。

「この娘は佳代の孫だろう？　若女将のくせに、詫びのひとつも口にしないいじゃないか。いったい佳代はどんな教育をしてたんだい！」

矛先が自分に向いて、鈴の背筋がまたびりびりとする。佐藤が慌てて、助け船を出してくれた。

「いや、弁天さま、鈴ちゃんは若女将じゃ――」

「とにかく、もてなしもないんじゃ、こんなところには用はない。帰らせてもらうよ！」

そう言って、桃色の羽衣をヒラヒラとさせて出ていこうとする。佐藤が真っ青になって引き留めた。

「べ、弁天さま……！　小中学校の合唱は明日です。子どもたちは、明日のために一生懸命練習しているんです。ぜひご覧になっていただきたく……」

「そんなの知ったこっちゃないね！」

そのやり取りを、鈴は驚きをもって受け止めていた。そういえば、弁天さまは芸事の神さまとして知られている。天河村の学校では春に合唱の発表会をやるのが毎年の恒例だから、それを観に来たというわけか。

「私ゃ、帰るよ！」

弁天が、そう言うと玄関の扉がひとりでにガラガラと開く。そこでようやく鈴の口から声が出た。

「あの……」

弁天が振り返った。鋭い目、不満そうな口もとに、鈴の背中がまたびりびりとする。

でも、まがりなりにも祖母の代理としていぬがみ湯をやっていくと決めたなら、何か言わなくては。

「このたびは、も、申し訳ありませんでした」

そう言って深々と頭を下げる。

神さまということはおそらくはるか遠くから、はるばるやってきたのだろう。天河村の子どもたちの合唱を観るために。

それなのに、準備ができていませんでしたというのは失礼極まりない話で、彼女の怒りはもっともだ。

弁天が、鈴の頭のてっぺんから足の先までを鋭い視線でジッと見た。

「佳代の跡取りにしちゃ、線の細い頼りなさそうな娘だ」

「いや、弁天。鈴はそうじゃないんだよ。佳代はそういうつもりじゃなかったから、鈴には何も教えていなかった。だから——」

「なんだい、じゃあ若女将になる資格もない娘なんだね。なおさら話にならないじゃないか。跡取りがいないんじゃ、いぬがみ湯は終わりだね」

弁天は心底呆れたように白妙の言葉を遮り、こちら側に背を向けて今度こそ出ていった。ひとりでにピシャリと閉まる扉を見て、「ああー」と佐藤が肩を落とし、白妙が「やれやれ」とつぶやく。

鈴はそのふたりをしばらく見比べてぽつりと問いかける。

「予約、入っていたんですね」

答えたのは、白妙だった。

「鈴、ここは神の宿なんだよ。この国には私以外にも、それぞれの土地にそれぞれに祀られている数多の神がいるだろう？　その神たちが、泊まりにくるための場所なんだ」

鈴は目を見開く。まったく知らなかった。宿泊客が来ているときは、宿のほうへは行ってはいけないと、小さいころから祖母にきつく言われていたからだ。時折来ていた宿泊客は神さまだったということか。

「町長さんはご存知だったんですか？」

呆然としながら鈴が佐藤に問いかけると、彼は頷いた。

「神さまにこの村でゆるりと過ごしていただいて、宿泊代の代わりとして村へのご利益を受け取るのも、町長としての仕事だからね。神さまがお越しくださる日はこうやって、ご挨拶にくる決まりになっているんだよ」

「ご利益を受け取る……？」

白妙が肩をすくめた。

「たいしたことじゃないよ、鈴。村の中で夫婦になる者が増えるとか、子がたくさん生まれるとか。今みたいな弁天だと芸能が達者な子が出世するとか」

なんでもないことだというような態度の白妙をちらりと見て、佐藤がゴホンゴホンと咳払いをした。

「もちろん、天河村には白妙さまというありがたい神さまがいらっしゃって、大きな災害や飢饉《ききん》から村をお守りいただいている。ただその白妙さまは……えーゴホンゴホン、それ以外のことについてはあんまりその……ゴホンゴホン。なので、その部分を他の神さまに頼らせていただいているというわけなんだ」

チラチラと白妙を見ながら言いにくそうに佐藤は言う。

「だったら、弁天さまが帰ってしまわれたのは……」

鈴が言うと、佐藤ががっくりとした。

「ああ、ちょっとまずい。弁天さまはすべての芸事のお師匠さまでもいらっしゃるから厳しい方なんだ。あれだけご立腹だったんだ。しばらくは来てくださらないだろう。何年か前に来てくださったときに『見込みがある』と言ってくださった川上《かわかみ》さんとこの息子さんは町を出て、芸能事務所に入ったんだよ。この間、アイスクリームのＣＭに出てるのを観た」

そう言って佐藤は、誰でも知っているアイスクリームの商品名をあげた。

「いずれは町の観光大使として、町を盛り上げてもらおうと思ってるんだ」

得意そうに言う佐藤を見ながら、鈴はそのＣＭの爽やかなルックスのアイドルを思い出していた。町出身とは知らなかったが、最近よく見る顔だ。なるほどそれならば、弁天のご利益は随分と効果があるといえる。

だとしたら、なんだか申し訳ない気持ちになってしまう。鈴自身は知らなかったとはいえ、今回の不手際はいぬがみ湯の責任に違いはない。

「町長さん、すみません。私がおばあちゃんからちゃんと聞いていれば……」

「いや鈴ちゃんのせいじゃないよ。わしがちゃんと対応していれば、何しろ午前中は佳代さんの病院へ行っていて……」

とそこで、佐藤は言葉を切って、突然思い出したように「ああそうだ、佳代さん……こんなことになるなんて……」とつぶやいた。そして玄関の上り口に座り込んで頭を抱えてしまう。

「町長さん、病院まで行ってくださったんですね」

鈴からの問いかけに、無言で頷いた。

思い返してみれば、佐藤はよくいぬがみ湯に来て祖母と話をしていた。ふたりは幼なじみでもあるという話だから、祖母が倒れたことがよほどショックなのだろう。目を真っ赤にして今にも泣き出しそうである。実の息子の父ですらここまでは……というくらいだ。

「ああ、佳代さんこんなことになるのなら、もう一度思いを聞いてほしかった……」

「あの、町長さん……？」

取り乱す佐藤に、鈴は戸惑いながら問いかけた。

心配なのは理解できるが、思いを聞いてほしいとは？　何やら意味深な言葉を口にして嘆いている。

その鈴の疑問に答えたのは白妙だった。

「鈴、町長は、ずっと佳代に思いを寄せているんだ。その佳代が倒れたんだから普通ではいられないんだよ」

佐藤が両手で顔を覆ってとうとう泣き出した。

「十も年下だからと相手にされていなかったけど、それでも佳代さんがそこにいるだけでよかったのに……！」

鈴は目を見開いた。

〝佳代さん佳代さん〟と言ってよくいぬがみ湯で姿を見かけてはいたが、鈴が知る限り、普段はそのような言葉を口にすることはなかった。でも今は、取り繕うことができなくなっているようだ。「佳代さん、佳代さん」と泣くばかりである。

白妙がやれやれと言うようにため息をついた。

「縁起でもないなぁ、まるでお通夜じゃないか。佳代は大丈夫だよ。あれくらいでくたばる女子《おなご》じゃないのは、お前もよくわかっているはずだよ」

　柔らかな声音でそう言って、佐藤の肩にそっと手を置く。するとしばらくして佐藤は泣きやみ、ゆっくりと顔を上げた。

「ありがとうございます、白妙さま。そうですね、佳代さんは強い方だ。これくらいでは……。鈴ちゃんも、取り乱して悪かったね。うん、めそめそしてては佳代さんに叱られる。しっかりしなくては」

「あ、あの、町長さん。おばあちゃんが入院している間のことですが、いぬがみ湯は……お風呂のほうですけど、私が代わりにやることにします」

　町のことだから、町長に知っておいてもらったほうがいい。

「……鈴ちゃんが？」

　佐藤が鼻をぐずぐずとさせて、少し驚いたように鈴を見た。

「はい……父と母には反対されましたけど」

　手をもじもじさせて鈴は言う。心底意外だという佐藤の様子に、つい言わなくていいことまで言ってしまう。

　その言葉に佐藤が顔をしかめた。

「宗一郎くんと孝子さんか。人は悪くないけどどうも佳代さんとはソリが合わないからな。反対するのも無理はない。本来なら宗一郎くんが跡取りに当たるんだが彼に頼むのは無理だろうな。……それで、白妙さまは、そのことを……？」

言いながら白妙に視線を送る。

白妙がにっこりとして頷いた。

するると佐藤はなぜか一瞬、微妙な表情になってから、次にうるんだ目で鈴を見る。

そしてうんうんと感慨深げに頷いた。

「そうか、なら私は協力しよう」

「ありがとうございます」

鈴はホッとして頭を下げた。父と母に反対されているならなおさら、味方になってくれる人は多いほうがいい。しかもそれが町長ならきっと助けになるはずだ。

すると鈴の隣の白妙が、ここが肝心とばかりにつけ加えた。

「ただ言っておくが、宿のほうはやらないよ。少なくとも佳代が目を覚ますまでは休みだ。鈴にああいう輩《やから》の相手をさせたくはないからね」

佐藤がギョッとして目を剥いた。

「え⁉　そうなの？　鈴ちゃん」

「え、……はい、そのほうがいいかなと話していたんですが」

迷いながら鈴が答えると、佐藤があわあわと言って首を振った。

「そそそれはちょっと……。ど、どちらかというと、役場としては宿のほうが大事なんだよ、鈴ちゃん。成婚率や出生率は、町の活気に直結するから……」

「欲深いなぁ。何事もなく平和に暮らせたらそれでいいじゃないか」

隣で白妙がぼやいた。

「いやそうは言っても白妙さま。それだけでは回らないのが、人の世でございます……！」

そんなやり取りをするふたりを交互に見ながら、鈴は今朝の父のことを思い出していた。鈴がいぬがみ湯をやることに反対したのは、きっとこのことを知っていたからなのだろう。だからあんなにも歯切れが悪かったのだ。

たしかに小さいころから仕事を手伝っていた銭湯のほうならいざ知らず、ノータッチだった宿まで、という自信は今の鈴にはまったくない。しかもただの宿ではないのだから。

「お風呂と宿はセットですよ、白妙さま……！」

「じゃあ鈴に、あの我儘《わがまま》な神々たちの相手をしろと言うのか？　小さいころから鈴を可愛がっていたくせになんて薄情な奴なんだ」

「そ、そういうわけでは……！」

そんなやり取りを聞きながら、なんだか鈴は悲しい気持ちになっていた。

どうして祖母は宿のことを何も教えてくれなかったのだろう？

宿泊客がいるときは宿のほうへ行くのを禁じられていたことを考えると、意図的に隠していたのだ。

銭湯の仕事のように少しずつでも手伝わせてくれていたら、今こんなにあたふたせずに済んだかもしれないのに。

……鈴が頼りないからだろうか。さっき弁天に言われたように、そんな資格はないと思ったから……？

「す、鈴ちゃん、これは大事なことだから、よーく考えておくれ。町の未来がかかってるんだ！」

佐藤が鈴に懇願する。その剣幕に鈴はたじたじになりながら、首を横に振った。

「で、でも……。私、おばあちゃんから何も教わっていないんです。それなのにいきなり宿なんてできません」

「大丈夫！　宿に関することは、番台の引き出しの古い手帳に書き置きがあったはず。佳代さんではなく、佳代さんのおじいさんが書かれた引き継ぎ日誌のようなものだ。佳代さんも何かあればそれを確認していた。それがあれば、ひと通りのことはわかるはず！」

必死になって鈴を説得する。

「こらこら、鈴を追いつめるな」

白妙が口を挟むが、佐藤は鈴の肩をガシッと掴む。

「とにかく一度それを読んでみてくれ！　大江家の者しか読んではいけないことになっているから、私は手伝えないけど、鈴ちゃんならやれるはず。結論はそれを読んでから出してくれ。鈴ちゃん。いい返事を待ってるよ！」

勢いに負けて鈴が頷いたのを佐藤は見届けると、白妙から逃げるようにそそくさと玄関を出ていった。開きっぱなしの玄関を見つめて、鈴は呆然と立ち尽くす。

「なんて無責任なんだ」

呆れたように白妙がつぶやいた。


陽が傾いて玄関扉の向こうがオレンジ色に染まっている。どこからかカラスがカァカァと鳴く声が聞こえる中、鈴は番台に座り古い記録簿を読み耽っていた。

茶色い古びた和紙に書かれたいぬがみ湯の歴史は、毛筆で書かれてある上に言い回しが古くてわかりづらい。短大の文学部で学んだ古典の知識を駆使して、どうにかこうにか半分くらい理解できる程度だ。

その記録によると。

その昔、白妙に助けられたという修験者は、鈴の先祖にあたる大江猪吉《いのきち》だという。

そのときの感謝の気持ちを忘れないために、猪吉はこの地で白妙を祀り里を拓くことにした、と記録簿には書いてある。

元々この場所は白妙を祀る、いぬがみ神社で、大江家は代々神主をしていた。

と、ここまで読み終えて鈴の頭に、どうして現在は宿や銭湯をしているのだろう？と疑問が浮かぶ。首を捻りながら読み進めるが、ここから記録簿はやや曖昧な表現になる。

『白妙さまはのんびりとしたおおらかな方ゆえ、神社を訪れる村人の願いを聞くのは気が進まないようで、うんぬんかんぬん……』

意訳すると、白妙は大きな天災や飢饉《ききん》からは村人を守ってくれるが、村人たちの個人的な願いごと、商売繁盛、学業成就といった事柄にはあまり興味がなく我関せずのスタンスだったということだ。

『それゆえに賽銭が集まらず、生活は困窮し、ごにょごにょ……』

つまり神主として食べていけなくなったというわけだ。困り果てた大江家は神社をやめて、湧き出る温泉を利用して銭湯をすることにしたという。

『ありがたきことに、白妙さまは一番風呂に入ることを条件に、これを了承してくださり……』

さらに、神さまの通り道だった天河山の立地を利用して神さま専用の温泉宿をすることにした。すると宿代として村人にさまざまなご利益があり、一石二鳥、大成功したというわけだ。

なるほど、ここまでで佐藤が言っていたことと繋がった。

天河村は人里離れた場所にありながら、寂れることなく未だ活気に満ちている。それはおそらく、いぬがみ湯に泊まりにきた神々の宿代のおかげでもあるのだろう。

だとすれば、いぬがみ湯は町にとってとんでもなく大切な場所なのだ。休みにすると白妙が言っただけで、佐藤が真っ青になったのも無理はない。

「おばあちゃんの家が、そんな場所だったなんて……」

いつもは祖母が座っている古い木の椅子に腰掛け、鈴は愕然としていた。

続く記録簿の後半は、具体的な宿の仕事について書かれていて、こちらは祖母の書き込みも多く随分と読みやすい。

予約は神の使いである山の鹿が来て教えてくれること。

神さまが来られる日は必ず朝、登山口の黄色いロープを外しておくこと。

神さま方は食事はなさらないけれど、お神酒は絶対に必要だから商店街の酒屋に注文しておくこと。

掃除はとにかく丁寧にすること……などなど、宿泊客が神さまということを除けば、やること自体はそれほど難しくは思えなかった。

とりあえず重要そうな箇所を読み終えて、鈴はふぅと息を吐く。頭を冷やしたくて、記録簿を手にしたまま休憩処へ向かい、大きなガラス窓を開けて外気を取り込んだ。

天河村が夕日の色に染まっている。

だいたいのことは理解できたが、とてもそれだけでは結論を出せそうになかった。

「鈴」

呼ばれて振り返ると白妙が立っている。鈴の隣にやってきて、手の中の記録簿に目を留めた。

「読んだんだね」

「はい。しろさまが私のご先祖さまを助けてくださったところから書いてありました」

白妙が目を細めた。

「猪吉だ、懐かしいなぁ」

「どんな人だったんですか？」

尋ねると、少し大げさに顔をしかめた。

「暑苦しい男だったよ。私の山で行き倒れられては困ると思って声をかけたんだ。それなのに命の恩人だなんだと、やたらとありがたがってね。ぜひ神として祀りたいと言うんだよ。何回も断ったんだけどしつこく食い下がるものだから、好きにさせたんだ」

白妙から出た思いがけないその言葉に、鈴は目を丸くする。

記録簿には神秘的でありがたいこととして書かれていたのに、白妙本人から聞くと随分と印象が違っている。

白妙がため息をついた。

「しかも猪吉め、祀られるだけで何もしなくていいと言ったくせに、あとになって祀られる以上、賽銭を持ってお詣りにくる村人の願いを叶えなくてはいけないと言うんだよ。それが神さまというものだと」

まるで騙されたとでも言うような様子の白妙に、鈴は記録簿の中の白妙がいまひとつ村人の願いを叶えることに積極的でないという部分を思い出す。なるほど、こういう事情だったのであれば納得だ。

「そもそも私には賽銭など必要ないんだ。猪吉がすべて持っていってしまうのに……」

やれやれというように白妙は言う。

たしかに山に住んでいた狼にお金は必要ないだろう。賽銭は大江家の収入になると記録簿にはっきりと書いてあった。白妙にとっては、割に合わないどころかただ働きみたいなものだ。

「私は山でただのんびりと暮らしていただけなのに、大げさなことになってしまったよ……」

肩を落とす白妙に、次々とお詣りに来る村人に社の中で困惑する白狼の姿が頭に浮かぶ。それがなんだかおかしくて鈴はぷっと吹き出した。そのまますくすす笑っていると、白妙が満月色の目を細めた。

「でも今は猪吉の話にのってよかったと思っている。可愛い鈴の笑顔を見られるのだから」

その言葉に、鈴は目をパチパチさせる。頬が熱くなった。どう反応すればいいかわからなくて、慌てて別の話題を持ちだす。

「し、しろさまは、私が宿をやるのは無理だと思われるんですよね」

「いや、無理だとは思わない」

白妙が首を横に振った。

「え？　でもさっき、町長さんには……」

「かわいそうだと言ったんだ。何しろ休み中の神というのは、恐ろしく我儘《わがまま》なんだよ。人の願いばかり叶えているとうっぷんが溜まるのだろうね。佳代でさえ相当手こずっていた。でも鈴にできないとは思わない。その気になれば、やれるだろう」

「その気になれば……」

白妙が頷いた。

「鈴はやると決めたことは諦めずに最後までやるだろう？　私はそれを、よーく知っている。蝉の抜け殻を集めていたときのことを思い出してごらん？」

蝉の抜け殻、という言葉に鈴は目を見開く。

小学生二年生のときの自由研究だ。村に何種類のセミがいるのか抜け殻を集めて調べることにした。公園や校庭、道を隈なく歩いて蝉の抜け殻を集めたのだ。

夏中外を歩き回って暑さに目を回しても、部屋が蝉の抜け殻だらけになって母が悲鳴をあげても、納得いくまでやり続けた。結果、学年で一番の賞をもらったのだ。数少ない母に褒められた記憶だ。

「私が、やる気になれば……」

つぶやいて考え込んでいると、白妙が「そうだ」と声をあげる。そして窓の外の天河村を愛おしげに見つめてから、口を開いた。

「鈴、少し村を歩こう」

商店街へ続く夕暮れの坂道を、鈴は白妙とともに歩いている。キジトラのちゃちゃがふたりを先導するように少し前を歩く。このときになって鈴はちゃちゃが猫又だということを知った。白妙の代わりに町を歩き回り、あったことを彼に報告しているのだという。

ざあざあという川の音、カランコロンという白妙の下駄の音を聞きながら、鈴は落ち着かない気持ちだった。
数えきれないくらい歩いた道、見慣れた景色、でもそれがどこかいつもと違ってい
るように思えるのは、間違いなく隣の白妙と手を繋いでいるせいだろう。
『村を歩こう』という彼の言葉に、鈴は戸惑いながらも頷いた。すると彼はなんと鈴
の手を取りそのまま外へ出たのだ。
もちろんこの行動に、深い意味など何もない。
小さいころから鈴を見守ってくれていた彼なのだ。二十歳になったとしても、彼に
とってはまだ子どもと同じようなもの。親が幼い子の手を引いて歩いているのと変わ
らないのだろう。
でも鈴の心境はそれとは少し違っていた。
夕日に透ける銀髪と、涼しげな目元の綺麗な横顔、大きくて温かい手。その彼と手
を繋いでいるという状況に心がとてもふわふわとする。
考えてみれば鈴は、若い男性と手を繋いで歩くなんてことは初めてなのだ。ドキド
キとして落ち着かないのは仕方がない。これも、神さまの力なのだろうか？
しばらくすると商店街にたどり着く。鈴と歩く白妙に、道ゆく人から声がかかる。
「白妙さま、お久しぶりでございます」
「いつもありがとうございます」

祖母くらいの年ごろの人たちは、彼が姿を現したことを当たり前に受け止めて親しげに話をする。珍しいものを見るように立ち止まっている子どもらに「ほら、白妙さまだよ」と教えていた。皆、隣に鈴がいることを不思議には思わないようだ。

白妙はひとりひとりの話を、立ち止まり穏やかな笑みを浮かべて聞いている。『大げさなことになってしまった』と肩を落としてはいたけれど、町の人とのやり取り自体は気に入っているように思えた。

駄菓子屋の前を通りかかると、店先では年寄りたちが集まって井戸端会議をしていた。白妙を見てうれしそうにする。

「ああ、白妙さま！　お久しぶりでございます。お礼を言いたかったのでお会いできてよかったです。白妙さまの恵みの湯のおかげで、腰の痛みが引きました。高倉の病院でもなかなかよくならんかったのに」

「本当に、恵みの湯に浸かると生き返りますね」

年寄りたちは口々にありがたいありがたいと言っている。

鈴が隣をチラリと見ると、白妙が囁いた。

「つらくて苦しいのはかわいそうだろう？」

商売繁盛や学業成就など、個人的な願いごとには関心がなくとも、無病息災については別のようだ。いぬがみ湯に浸かりにくるお年寄りは肌はつやつや、足腰がぴんしゃんとしている。

やっぱりしろさまは、天河村の神さまだと鈴の胸は誇らしいようなありがたい気持ちでいっぱいになった。

「でも佳代さんが倒れて、いぬがみ湯がなくなるのは寂しいねぇ」

誰かがぽつりとつぶやいて、途端にその場がしんみりとする。皆祖母がいないならいぬがみ湯はおしまいだと思っているようだ。

「佳代さんは元気になるだろうか……」

「あんなに元気な人だったのに」

祖母のことも心配している。

「大丈夫だ。佳代は元気になるだろう」

白妙がそれに答えた。そして皆に向かってにっこり微笑む。

「それに、いぬがみ湯は鈴がやることになったから、また明日から来ておくれ」

するとその場が、今度は微妙な空気になる。

「え？　鈴ちゃんが……？」

酒屋の主人が、戸惑いながら聞き返した。

その反応に、鈴はいたたまれない気持ちになる。

きっと皆、鈴に務まるのだろうかと不安に思っているのだろう。無理もない。ここにいるお年寄りは皆、鈴を小さなころから知ってるのだ。人と話をするのが苦手で愛想がよくないことも。

注目されて、鈴は逃げ出したい気持ちになる。でもそれではだめだと自分自身に言い聞かせた。いぬがみ湯をやりたいなら、苦手なことから逃げてばかりはいられない。

「よ、よろしくお願いします」

かぁっと頬が熱くなり顔が真っ赤になるのを感じながら鈴が頭を下げると、隣で白妙が「よろしく頼むよ」と言う。そしてなぜか、繋いだ手を見せるように少し上げた。

皆それを唖然として見ている。

「あ……ああ、そうか……。鈴ちゃんももう二十歳だったたな」

ようやく口を開いたのは、酒屋の主人だった。夢から覚めたように声をあげる。

他の者はその言葉に、「なるほど」とか「そういうことですね」と頷いている。

その様子に、ほんの少しの違和感を覚えながらも鈴はもう一度頭を下げた。

「まだ頼りないかもしれませんが、よろしくお願いします」

「ありがたいよ」

「これでひと安心だ」

皆が口々にそう言うのがうれしかった。

そうだ、いぬがみ湯は村の人たちにとって大切な、なくてはならない場所なんだ。

何がなんでも守らなくては。

「……白妙さま、宿のほうはどうなります?」

駄菓子屋の女将が声をひそめ尋ねる。鈴の胸がドキリとした。

「ああ、それは……」

それに、白妙が答えようとしたとき。

《天河山にかかる雲～真っ白な雲～》

商店街の坂道を子どもたちが歌いながら歩いていく。黄色い帽子を被っているから、一年生だろう。覚えたての校歌を大きな声でうれしそうに歌っているのが可愛らしい。

酒屋の主人が振り返った。

「そういえば明日は合唱だったな。放課後に練習していたんだろう」

鈴の胸がチクリと痛む。彼らの歌を聞きにきた弁天を、いぬがみ湯の不手際で帰らせてしまったのを思い出したからだ。

合唱は小学生のころの鈴にとって、数少ない楽しみな学校行事のひとつだった。

大きな声を出すのが苦手だと思われている鈴だけど、本当のところそうではない。人と話をするときは相手がどう思っているか、間違ったことを言っていないか、不安で小さな声になってしまうだけなのだ。

歌詞が決まっている合唱は、そんなことを気にする必要はない。堂々と大きな声を出せるから、気持ちよくて好きだった。毎年密かに張り切って練習したものだ。〝綺麗な声だ、頑張っている〟と別の学年の先生にまで褒められたのは何年生のときだったか。もしかしたらあのときも弁天は観にきてくれていたのだろうか。だとしたら弁天のご利益で、鈴は楽しめたのかもしれない。

……それなのに、あの子たちは明日彼女に観てもらえない。あんなに楽しみにしてるのに。

子どもたちが通りすぎて、また皆の注目がこちらに戻る。白妙が口を開いた。

「宿は――」

「私がやります」

考えるより先に、言葉が口をついて出た。口に出したら、初めから決まっていたことのように思えるから不思議だった。

「私にやらせてください。白妙さま」

背の高い白妙を見上げて鈴は言う。

「鈴がその気になったのなら、反対はしない。佳代以外にやれるのは、鈴しかいない」

彼はうれしそうに頷いた。その言葉に、場の空気が一気に緩む。

「いやー、そうかそうか、よかったよかった」

「安心だねぇ」

「佳代さんも喜ぶだろう」

皆がうれしそうに口々に言う。

その姿を見つめながら、鈴は覚悟を決めていた。

できるかどうかはわからない。でもやるとしたら自分しかいないのも事実だ。やりたいというよりも、やらなくてはという強い何かに突き動かされていた。

白妙がにっこりと微笑んで握った手に力を込めた。


深夜のいぬがみ湯、番台裏の和室で鈴は布団に入り、記録簿の宿の仕事について読んでいる。

銭湯だけでなく、宿もやると宣言した。

ほんの二、三日前の自分からは考えられないことだ。町へ帰ってきたくなかったと憂うつな気分で電車を下りたのに、今はその町のために大変なことに挑戦しようとしている。なんだか胸がドキドキとして眠れない。

頭に浮かぶのは、母から嫌というほど言われ続けた言葉だった。

『鈴だってできるはずなのに。やってみなくちゃわからないじゃない』

皮肉なものだと鈴は思う。

母は神さまの宿のことなど知らないから、鈴がやるということもわざわざ知らせるつもりはない。けれどももし知ったら、間違いなく反対するだろう。それなのに、その母の言葉を今思い出しているなんて。

「やってみなくちゃわからない……」

鈴がそうつぶやいたとき。

「鈴、根をつめすぎてはいけない。明日から湯を開けるんだろう？」

記録簿から顔を上げると、入口にふさふさの尻尾に満月色の瞳の白狼がいた。

「……しろさま？」

狼の姿の白妙が鈴のところへやってきて、布団に潜り込んだ。

「し、しろさま⁉」

「もうお休み。まだ夜は冷える」

そう言って白狼は鈴の身体を自分の身体で包みこむ。ふわふわした銀色の毛並みに包まれて、鈴の脳裏に懐かしくて古い記憶が蘇った。

いぬがみ湯に数えきれないくらい泊まった。けれどそんなときも祖母には夜遅くまで番台の仕事があり、鈴はこの和室で先にひとりで眠った。

しかしそれを寂しいと思ったことは一度もない。目を閉じると大きな温もりが鈴を包んでくれたからだ。それは、ふわふわで替えたての畳のようないい匂いがした。

もしかしてあれは……と鈴は思う。

でもなんだか急に瞼《まぶた》が鉛のように重くなって尋ねることはできそうにない。

頬に感じるふわふわからは、よく晴れた日のお日さまみたいないい匂いがする。目を閉じると夢の世界はすぐそこだ。

「おやすみ、鈴。今日はよく頑張ったね」

心地のいい白妙の声を聞いて鈴は眠りに落ちていった。

第三章　女将、鈴

　翌朝、目を覚ました鈴の前には、昨日までとはまったく違ういぬがみ湯の世界が広がっていた。

「おはようございます、鈴さま！」

　目を覚ましたばかりの鈴の枕元で元気よく挨拶をしたのは、二匹の子猿だった。それぞれ赤と青の前掛けをしている。

「お、おはようございます。えーと……」

　布団の上に起き上がり、まだはっきりとしない頭で鈴は答える。

「太郎でございます！」

　赤い前掛けの猿がぺこりと頭を下げた。

「次郎でございます」

　続いて青い前掛けのほうがぺこり。

　そしてふたりは声を合わせた。

「「いぬがみ湯の番頭をしております！」」

突然の出来事に、寝起きの鈴はすぐに反応できない。番頭、ということは女将の右腕的存在だ。あやかしなのは間違いないが、今まで姿を見たことはなかった。

「あの……」

どうしようかと、戸惑っていると。

「朝から騒がしいな」

鈴の隣でかけ布団がむくりと持ち上がる。白妙が眠たそうに起き上がった。

寝るときは狼の姿だったのに、今はなぜか人間の姿だ。いつもは結んでいる銀髪はそのまま右肩から流して、爽やかな薄い灰色の浴衣は少し胸元がはだけている。鈴の頬に手を当ててにっこりと微笑んだ。

「おはよう鈴。昨夜はよく寝たね。寒くはなかったかい?」

「え！　あ……お、おはようございます。だ、大丈夫でした……」

彼の様子とその言葉に、鈴は昨夜のことを思い出す。

ふたりは同じ布団で眠ったのだ。彼は狼の姿だったし、おそらくそうするのは、初めてではない。でも今人間の姿の、しかもこれ以上ないくらいセクシーな姿の彼に言われると、何やら違って聞こえてしまう。

優しく触れる彼の手と自分を見つめる綺麗な目に、頬がかぁと熱くなった。また得体の知れない心のふわふわを感じて、鈴の頭にバチ当たりなことが浮かぶ。

どうして人の姿なのだろう。狼の姿でいてくれたらいいのに。だって朝からこんなふうにドギマギさせられたら身が持ちそうにない。しかも。

「鈴は笑顔も可愛いけれど、寝顔はまた格別だ」

なんて言うものだから、鈴はどうしていいかわからなくなってしまう。

子猿たちが顔を見合わせてヒソヒソとした。

「うちの神さまは、またやったらしい」

「一緒に寝てはいけないと、あんなに佳代さまに言われているのに」

「まったく油断も隙もない」

白妙が眉を寄せて二匹を見て、鈴に説明する。

「あれは、鳥居のそばの石像だ」

「鳥居の……？　あ、ええ⁉」

鈴は目を丸くする。いぬがみ湯の庭に苔むした猿の石像がある。神社だったころの守り神だ。

「あのお猿さん……？」

「そうだ。昔、私の山で行き倒れていたところを、猪吉が拾ってきたんだよ」

そしてうんざりするようにつぶやいた。

「どうして皆、私の山で行き倒れるんだろう？」

「「その節はお世話になりました～！」」

二匹が声を合わせて頭を下げた。そう言われても相当昔の話だし、助けたのは鈴ではなく鈴の先祖の猪吉だ。なんと答えていいのやらと鈴が戸惑っていると、白妙がため息をついた。

「せっかくだから、神社の守り神にすると言って、勝手に主従関係を結ばされたんだ」

どうやら猪吉という人は、少々強引な人物だったようだ。神さま相手に遠慮がない。これは一度、彼の子孫としてお詫びをしたほうがいいのでは？　と鈴が迷っていると、太郎が続きを話す。

「僕たち、守り神として頑張っておりました！　でも、うちのぼんくら神さまのせいで神社ではなく温泉宿をすることになってしまって。それからは、番頭を務めております」

「おります！」

隣で次郎も胸を張った。

ぼんくら神さまと呼ばれた白妙がじろりと二匹を睨んだ。

「そのときに主従関係を解消できるはずだったのに、そんなことをされたら行くところがなくなると泣きつかれたんだよ。神社の守り神といえば、狐が一番人気だろう？

兎も愛らしくて喜ばれる。でも猿は……はっきり言って人気がない」

白妙がやれやれと言うように首を振る。太郎と次郎が、あっかんベーをした。

「ま、守り神としてはいまひとつでも宿の仕事ならやれるだろうと、働かせることにしたんだよ。宿のことも風呂のことも、たいていのことは把握しているから、わからないことは聞けばいい」

「ぼんくら神さま、もとい白妙さまよりはお役に立てると思います！」

次郎が言って太郎が頷いた。

目の前で繰り広げられる仲がいいのか悪いのかまったくわからないやり取りに、鈴は面食らってしまう。

でも本当に嫌ならば、白妙は何を言われようと彼らを追い出すことができるはず。

一方で猿たちも、「だらしない、やる気がない」とぶつぶつと言いながら、背中に流しただけになっている白妙の髪を翡翠《ひすい》色の紐で結んで身支度を整えている。

口でやり合っているほど、関係は悪くないようだ。そんなことを考えながらひとりと二匹を見ているうちに、なんだかおかしくなってしまって鈴はぷっと吹き出した。

白妙と猿たちが口を閉じて、くすくす笑う鈴を見た。

「ふふふ、す、すみません……。でも、楽しそうだなと思って……」

きっとずっと昔から同じようなやり取りをしてきたのではないだろうか。

笑いが止まらない鈴に、子猿二匹が目をパチパチとする。ふたり顔を見合わせてから、白妙の身支度を放り出し、鈴のもとへやってきてそれぞれに鈴の右手と左手をとった。

「鈴さま!!」

「若女将さま!!」

ふたりで声を合わせて宣言する。

「僕たち、一生懸命に働きます〜!」」

「やれやれ、調子のいい奴らだ。まあ、何かの役には立つだろう」

白妙が肩をすくめた。そして、猿たちの唐突な行動に面食らう鈴の耳に囁く。

「鈴のその笑顔は、私以外のあやかしも虜にしてしまうのだよ。あまり他の者には見せないようにしておくれ」

朝ごはんを済ませてから、鈴はさっそく太郎と次郎に宿の仕事を教わることになった。

番台脇にある古い木の階段を二匹に続いて上る。少し急な階段は、一段一段上るたびにぎしりぎしりと音を立てた。

考えてみれば鈴は二階の部屋へ行ったこと自体、数えるほどしかない。正直言って間取りすらあやふやだった。宿泊客がいないときも用事がない限りは行かないようにときつく祖母から言われていたからだ。

階段を上り切った先は山の景色を望む窓、下を覗くといぬがみ湯の裏庭だ。昨日の掃除で使った大量の雑巾が干したままになっていた。

振り返るように階段の手すりを回りこむと左手に小さな部屋がひとつ、神さまがお付きの者を連れてきたときの控えの間だという。

そして右手の広い和室が神さまが泊まる部屋だ。南側をぐるりと板間に囲まれていて、間は障子で仕切られている。ガラス窓からは、ざあざあと流れる清流と、その向こうに広がる天河村が一望できた。景色を眺めながらのんびりとできるよう椅子と机が置いてある。

「神さまがいらっしゃらない日も、朝に一度空気の入れ替えをいたします」

太郎がそう言って、ガラス窓をひとつひとつ開けて新鮮な空気を取り込んでいく。鈴もそれを手伝った。

「基本的に掃除は掃き掃除と拭き掃除、神さまが来られる日の前はとくに入念に行い、御神酒で清めます」

太郎の説明は、概ね記録簿に書かれてあった通りだった。二匹と一緒に部屋を掃いたり机や椅子を拭いたりしながら、鈴は一連の作業をしっかりと頭と身体に叩きこむ。

こんなふうに実際に仕事をしながら教わると忘れない。

そしてあらかた作業が終わってから太郎に問いかけた。

「太郎さん。ひとつお聞きしてもいいですか？」

するとと太郎は一瞬止まり、驚いたように鈴を見る。しばらくして口を開いた。

「太郎と呼び捨ててください、鈴さま。鈴さまは若女将なんですから。そんなふうに呼ばれると、ちょっとやりにくいです。それに言葉遣いもです。僕ら番頭は若女将の鈴さまにお仕えする身なのです」

きっぱりと言う太郎に、鈴はすぐには頷けない。

たしかに番頭と若女将なら若女将のほうが立場は上だ。でも鈴は、まだ若女将ともいえないような見習いだ。ここができたときから働いている彼らは大先輩に当たる。

さすがに呼び捨てにするわけにはいかなかった。

「でも……それじゃ私がやりにくいです」

「鈴さま、立場が人を作ると申します。これから紹介いたしますが、この宿ではたくさんのあやかしが働いております。あやかしは自分勝手で気まぐれな者が多いですから、あなどられると、まとまるものもまとまりませんよ」

子どものようでありながら、さすがは元神社の守り神。言うべきことは、ピシャリと言う。

それでも躊躇する鈴に、隣から次郎が助け船を出してくれた。

「佳代さまは、たろちゃん、じろちゃんと呼んでくださいます。僕らそれをとっても気に入っているんです」

「たろちゃん、じろちゃん……」

それもなんだか罰当たりな気もするが、次郎はにこにことしている。

しばらく考えてから、ようやく鈴は頷いた。

「わかりました。じゃあ、そう呼ばせていただくことにします。……こ、言葉遣いはおいおいで」

太郎が少し考えて「まぁ、いいでしょう」と言った。鈴はホッとして、さっきの疑問を口にした。

「えーと、た、たろちゃん？」

「はい、なんでございましょう、鈴さま」

「神さまが来られる日は、山の鹿が教えてくれると記録簿に書いてありましたけど、どんなふうに……？」

「ああ、あそこからやってきます。鹿は神さま方の連絡手段ですから、こちらからお伝えしたいことを頼むこともできますよ。まあ、しょせん鹿ですから完璧ではありませんが」

太郎が鳥居の向こうにある登山口を指差した。

「僕ら佳代さまが倒れたときに弁天さまに連絡してくれって頼んだのに、伝わっていなかったもんね」

次郎が言って、しょんぼりとした。

「でも山には普通の鹿もいるでしょう？　どうやって見分けたら……」

「すぐにわかりますよ。奴ら態度が悪いですから」

太郎が嫌そうに言って、次郎がうんうんと頷いた。

「え？　態度が……？」

「まあ、しばらくは予約はありませんから、とりあえず宿はこのくらいにして、お風呂のほうへまいりましょう」

そう言って太郎は階段へ向かう。黙って首を傾げてから、鈴もそれに従った。

階下へ下りてみると、大浴場へ続く渡り廊下がなんだか騒がしい。

「せわし、せわし！　せわし、せわし！」

そう言いながら何かが走り回っている。鈴の腰くらいの背の高さの何かだが、はっきりとは見えなかった。

「何もせわしいことはない！」

太郎が一喝すると、ぴたりと止まってどろんと消えた。

「せわし男ですよ。ときどきああやって出てきて、忙しいような気持ちにさせるんです。でも忙しいからって、何かを手伝ってくれるわけではありません。若女将の鈴さんが珍しくて出てきたんでしょう」

次郎が解説をする。せわし男は、初めて見るあやかしだった。

「風呂の仕事に関しては僕から説明しなくても大丈夫かと思います。昨日鈴さまが、丁寧に掃除をしてくださいましたし、昨日は開けておりませんから、今日は脱衣所から玄関までの掃き掃除と拭き掃除くらいでいいでしょう」

太郎の説明を聞きながら、一行は風呂場へやってきた。

「白妙さまは一番風呂に入られるとき以外は、たいていあちらにいらっしゃいます」

太郎が風呂場の大きなタイル画を見上げて言う。そして眉を寄せ、「まだ寝てる」とつぶやいた。タイル画の中の白狼は寝そべって気持ちよさそうに目を閉じている。

太郎がため息をついて小言を言った。

「営業時間までには起きてくださいよ！」

「いらっしゃれば、まだいいほうです」

次郎が鈴に囁いた。

「え？　いらっしゃらないこともあるんですか？」

尋ねると真面目な顔で頷いた。

「しょっちゅうです。特にこの二年間は鈴さまがいらっしゃらなかったから……」

そこで、タイル画の白狼がえへんと咳払いをした。次郎がしまったというように口を閉じ、それ以上は何も言わなかった。

三人は脱衣所へ引き返し、掃除を始めることにした。脱衣所を掃きながら、太郎がタイル画について話をする。

「佳代さまのおじいさまが風呂屋をやると決めたとき、ここには本当にお金がなかったのでございます。ちまたでは大浴場の壁を富士の山のタイル画にするのが流行《はや》りでしたが、とてもじゃないですがそんなことはできません。そしたら白妙さまが、私がそのタイル画になってやろうと言ってくださったんです」

「それが、いぬがみ湯の名物になったというわけですね」

鈴が言うと、太郎は頷いた。

「ありがたい話ですが、でもあの通り寝たり起きたり、いたりいなかったりと気ままぎて、よく佳代さまと喧嘩になっていました……」

そんな話をしながら掃き掃除を終わらせる。すると、どこかから板の床をてててと走るような音が聞こえだした。耳をすますと、あっちからもこっちからも、ててててててとまるで大勢の子どもたちが走り回っているようだ。

あやかしだろうと思い、音のする場所にジッと目を凝らす。すると、手毬くらいの大きさの白いおまんじゅうのようなものが、板の床をててててと音を立てながら転げ回っている。

「あれは……？」

「〝ててて〟です。床掃除を手伝ってくれるあやかしです。たくさんいるのであっという間に床は綺麗になりますよ」

太郎の言う通り、てててはあっちこっちを転げ回って床をピカピカにしていく。代わりに彼らの白い身体が黒くなっていった。

鈴も雑巾を持ってきて彼らと床を拭いていく。長い廊下を一列になって競争するように駆け抜けたり、喧嘩をしたり、なんだかとても可愛かった。

「さあさあ、てててたち、今日はもうよい。裏庭へいくよ」

床がすっかりぴかぴかになったころ、次郎が彼らに声をかける。すると彼らは次郎のまわりに集まって彼についていく。でんぐり返しをしたり、ぴょんぴょんと飛び跳ねたり、まるで保育園児の列のようだった。

裏庭の洗い場には蛇口が三つ並んでいる。次郎がそれらをすべて開けて水を出すと、てててたちは我先にと水浴びをしだした。蛇口に引っかけられている赤いネットの中のレモンの形の石鹸に身体を擦りつけて泡立てる。黒くなった身体はたちまち白く綺麗になっていく。

石鹸を取り合ったり互いに背中を流したり、わいわいきゃあきゃあする様子に鈴の頬は緩んでいく。ててては子どものあやかしなのだろうか。

「か、可愛い……！」

思わずつぶやくと彼らはぴたりと止まり、ジッと見返す。そしてきゃーきゃーわーわーとうれしそうに騒ぎ始めた。

「あ、おいこら、水がかかるじゃないか！　鈴さまの笑顔がうれしいのはわかるけど、早く身体を洗いなさい！」

太郎が小言を言うがおかまいなしだった。

ててての身体が真っ白になって、消えていったのを確認して、一行は休憩処に戻る。するとそこにはさっきまではいなかったものがいる。

「きゃっ！」

鈴は思わず声をあげた。

長椅子に柿色の作務衣を着たお坊さんが座っている。目を閉じてゆらゆらと揺れていた。

「崔《さい》老師です。人の身体を楽にするのが大好きな按摩師《あんまし》のあやかしで、より疲れている人間の身体を求めて海を渡ってきたそうですよ」

太郎が説明した。

「いつの間にかここに棲みついていたんです。ああやって休憩処にいて、風呂に入りに来た入浴客の身体を勝手に揉んでいくんです。いぬがみ湯に来て腰の痛みが取れたなんて話は、たいてい崔老師のおかげです」

鈴はほうと息を吐いた。いぬがみ湯の温泉は恵みの湯、入るとたちまち身体の痛みが取れるなんていうけれど、白妙のご利益以外にもこんな秘密があったとは。

「他にもたくさんあやかしはおりますが、見えたり見えなかったり、いたりいなかったりでございます。到底一度には無理ですから、その都度紹介いたしましょう」

太郎がそう締めくくって、とりあえず風呂掃除は完了した。

綺麗になった休憩処を注意深く見回してみると、太郎の言葉通り、姿はまだ見えなくともそこかしこに何かがいる気配がする。チラチラとガラス窓の向こうから、こちらを覗いているものもいた。

祖母の代わりに女将になった鈴がどういう人物なのかと様子をうかがっているのだろう。

「……私におばあちゃんの代わりが務まるでしょうか」

少し不安になって鈴は太郎に問いかける。

まさかいぬがみ湯でこんなにたくさんのあやかしが働いているとは思わなかった。白妙にさえ認めてもらえればいいと思っていたが、そうではなかったのだ。ここで働くすべてのあやかしたちに認めてもらわなくては、やっていけないのではないだろうか。

「そう心配することはありませんよ。皆、鈴さまを小さいころより知っております。佳代さまから鈴さまに決して姿を見られてはならないときつく言われておりましたから、見えなかったとは思いますが、一緒に床を拭いたり、風呂の椅子を擦ったりしていたんですよ」

太郎が答えた。

「小さいころから……？」

「はい、しかも昨日、鈴さまがおひとりでここをぴかぴかにしてくださったところをしっかりと見ておりましたから、佳代さまの代わりは、鈴さましかおられないということはよーくわかっております」

鈴はその言葉に驚きつつ、とりあえずは安堵する。

しかし祖母があやかしたちに、鈴に姿を見られてはいけないと指示していたという言葉が引っかかり、胸の中に不安が広がっていく。

どうしてだろう。一緒に掃除をしていたのに……

「さあ、次は番台での仕事について、おさらいをいたしましょう。こちらも鈴さまはご存知でしょうから、念のためになりますが」

意気揚々《いきようよう》として言う太郎の言葉に、右の拳を握りしめて、鈴は頷いた。

いぬがみ湯は午後四時に開店する。太郎と次郎と一緒に開店準備を整えて、鈴が暖簾《のれん》をかけるやいなや、山からおりてきたあやかしたちがつめかけた。町の人たちも、普段の七割ほどが来てくれた。昨日白妙が年寄りたちに宣伝したからだろう。

番台に座る鈴は終始てんてこまいだった。

まず客たちにとって祖母以外の者が番台に座っていること自体がとても珍しいことで、〝鈴ちゃん、鈴ちゃん〟と話しかけてくる。人と話すのがやや苦手な鈴にとっては、それに応えるだけで精一杯だ。

入浴料を賽銭箱《さいせんばこ》に放りこむ形式でなかったら、もっと大変なことになっていただろう。客と話をしながらお金を受け取るなどできなかった。飲み物の販売くらいがせいぜいだ。

とはいえ、一日目は特に大きなトラブルはなく、午後十一時の閉店を迎えることができた。

――そして今。

ちょろちょろと源泉が湯船に注ぐ音が響く大浴場で、鈴はしまい湯に入っている。

いぬがみ湯では女将はこの時間に入る決まりだった。

「はぁ〜」

温かい湯の中で手脚を伸ばすと、日中に気を張っていて強張っていた身体中の筋肉が解けるような心地がして、鈴の口から声が漏れた。とにかく身体が疲れていて、目を閉じたらすぐにでも眠ってしまいそうだ。

だが、心はこれ以上ないくらいの充実感に満たされていた。

祖母が倒れたことで、もういぬがみ湯はおしまいだろうと思っていた客たちは口々に『よかった、よかった』と言っていた。

『あとは佳代さんが元気になって帰ってくるだけだね』

鈴と同じようにこの場所を大切に思ってくれる人たちがたくさんいる。それを実感し、この場所を何が何でも守るのだと決意を新たにした。こんなに心地のいい疲れは、生まれて初めてだ。

幸せな気持ちで目を閉じる。と、そこで。

「よく頑張ったね」

聞き覚えのある声がして、ぱっちりと目を開く。見上げるとタイル画の白狼が鈴を見てにっこりとしていた。

「しっ……！」

思わず声にならない声をあげて、慌てて顎《あご》まで湯に浸かる。もうもうと上がる湯気の中でタイル画に背を向けた。

「ここのあやかしたちは自分勝手な者も多いけれど、鈴とならうまくやれるだろう」

「そ、そうだといいですけど……」

「大丈夫だ。ててが姿を現したのはその証だ。あの子たちはああ見えて臆病なんだ」

「……そ、そうなんですね」

「崔老師は……ん？　鈴、どうかした？」

顎《あご》まで湯に浸かったまま、さりげなくタイル画からすすすと離れる鈴に、白妙が気がついた。

「え？　いえ、そのえーと……」

「なぜ、こちらを向いてくれない？」

問いかけられても、すぐには答えられなかった。神さま相手にこんなふうに思うなんて罰当たりだと、心の中で自分を叱る。けれどどうしても振り返ることができなかった。

「あの……しろさま。その……」

「ん？」

「そ、その……えーと、本当に申し訳ないんですが……む、向こうを、向いてください……！」

言い終えて目を閉じた。

今さらだと自分でも思う。お風呂に入っているところを彼に見られるのが恥ずかしいなんて。小さいころから今まではこれが当たり前だったのに。

「向こうを……？　なぜ？」

「すみません、あの、ちょっと恥ずかしくて……」

彼に背を向けたまま、鈴は素直な気持ちを口にした。神さまに嘘はつけない。

おそらく白妙がずっとタイル画の白狼の姿のままだったら、こんなふうには思わなかった。今もそう思うべきなのかもしれない。

しかしどうしてもあの銀髪と満月色の綺麗な瞳が頭に浮かんでしまうのだ。

「恥ずかしい……？」

「す、すみませんっ……！」

鈴がもう一度謝ると、白妙がくすりと笑う気配がした。

「なるほど、そうかわかったよ。まぁ、寂しいけれど仕方がないね。……ほら後ろを向いたよ」

「ありがとうございます」

ホッとしてタイル画のほうを向くと、白狼は向こう向きに寝そべっている。尻尾がふわふわと揺れていた。

「これから鈴との風呂の時間は、こういう形になるのだな」

神さまのポーズを指定するなんて、ありえない、申し訳ないと思いつつ、鈴は頷く。

「そ、そうしてもらえるとありがたいです。も、申し訳ありません……」

鈴が言うと、白妙がふふふと笑ってつぶやいた。

「……ま、ある意味これも進歩かな？」


鈴がいぬがみ湯を再開して二週間が過ぎた。ここまではおおむね順調で日常が戻りつつある。

とにかく湯の仕事を回すのに必死だったのが少し落ち着きつつある中、鈴は少し憂うつな問題を抱えていた。

「――そしたら鈴ちゃん、うちの孫はなんて言ったと思う？　ばあちゃんの顔はシワシワだから化粧なんてしても意味はないって言ったんだ。……まったく、なんてあんな口の悪い坊主に育ったのか」

いぬがみ湯の番台脇。鈴は商店街の豆腐屋の女将が同居する孫についてぼやいていているのを聞いていた。

祖母が番台に座っていたころから、常連客たちはまっすぐに浴場へは行かずに番台のまわりであれこれと世間話に興じていた。中には話すのが楽しみで来ていると公言している者もいたくらいだった。

そして番台に座る者が鈴に代わっても、それについては変わらない。そのことに戸惑っているのである。

いやそれが嫌なのではない。むしろ鈴は人の話を聞くのは好きなほうだ。今話をしている豆腐屋の女将が話す、やんちゃな五歳の孫との攻防戦はいつまで聞いていても あきないくらいだった。

しかし、自分が上手に受け答えできているのかということが心配で、心からその会話を楽しめないのだ。

湯屋の女将は掃除を丁寧にするだけでなく、客と如才《じょさい》なく話をする能力がなくてはならないのだということを痛感していた。

そしてさらに、鈴の気を重くすることがもうひとつ。玄関にかけてある時計を見ると、時刻は午後六時をまわったところだった。

「さてと、そろそろ帰ろうかね。あまりのんびりしすぎるとうちの人に怒られる。やんちゃ坊主も待ってるし。鈴ちゃん、また明日」

豆腐屋の女将が立ち上がり、下駄箱へ歩いていく。

「お気をつけて。ありがとうございました」

鈴が声をかけたとき、ガラガラと玄関の戸が開いて、その客が姿を見せた。

「い、いらっしゃいませ」

どきりとしながら声をかける。

彼女はチラリとこちらを見たけれど、何も言わなかった。

肩より下の髪は毛先から半分まで金髪で、化粧はほとんどしていない。Tシャツにデニムというラフなスタイル。ようやくひとりで歩けるようになったくらいの男の子を連れている。

靴を脱ぎ番台の前の賽銭箱《さいせんばこ》にチャリンと入浴料を放りこむと、さっさと大浴場のほうへ歩いていった。

鈴の元同級生、野田律子《のだりつこ》だ。

同い年の幼なじみで、小さいころは仲よしで、〝りっちゃん〟〝すずちゃん〟と呼び合う仲だった。でも学年が上がるにつれてまったく話をしなくなった。鈴にとっては苦い思い出のある相手だ。

小学校三年生のとき、クラスの中のおしゃれで明るい子たちと一緒にいることが増えた彼女に『もう鈴とは遊べない』と言われたことは忘れられない。

確か中学を卒業後、美容師学校へ進学し都会で美容師をしているはず。それがつい三日前に子どもを連れていぬがみ湯に現れたのだ。

初日に気まずい思いで会釈をして以来口をきいておらず、どうして天河村にいるのか、連れている男の子が彼女の子なのかどうかもわからなかった。

彼女の姿を見るたびに学生時代を思い出し、鈴はさらに憂うつな気持ちになる。

学校でさえうまくやれなかった鈴が、番台で客と話をすることなどできるはずがない。それを思い知らされるようだった。

律子の事情を教えてくれたのは、健太郎だった。

「律子、十八で子どもができて結婚したんだよ」

鈴が開店準備をしている番台に肘をつき健太郎が言った。いぬがみ湯を再開してから彼はこうやって時々、実家がひまなときを見計らってここへやってくるようになった。酒屋の配達を代わりに請け負って、軽トラでやってくることもある。ついでだからと言って、簡単な庭の手入れをしていってくれるのがありがたかった。

「相手は勤めていた美容室の店長だったみたい。だけど離婚してつい最近帰ってきて、実家で三人暮らししているらしい。『赤暖簾《あかのれん》』のおばさんが言ってた」

律子の母親は駅前の居酒屋赤暖簾《あかのれん》の女将だ。

「サンマートでアルバイトしてるから俺もよく会うよ。風呂の調子が悪いとか言ってたから、それでここにくるんじゃないかな」

　健太郎は中学のころ生徒会長をしていて学年でも中心的な存在だ。今でも同窓会を開いているから、自然と同級生の情報には詳しい。

「全然知らなかった……」

　驚いて鈴はつぶやいた。結婚をして子を産んで、離婚後は働きながら子を育てている。鈴と同い年なのに、彼女は随分と先をいっている。

「気になるか？」

　健太郎が少し心配そうに鈴を見た。彼は鈴と律子の仲がよくないことを知っているのだ。

　学生時代に、律子がいた女の子のグループに陰口を言われたり、学校行事で仲間はずれにされたりしているのを何度も目撃している。そのたびにフォローしてくれた。

「つらいなら俺から言ってやろうか？　鈴が番台にいる時間は避けるように言ってやるよ」

　その言葉に、鈴は慌てて首を横に振った。

「そ、そんなことしてもらわなくて大丈夫！　ちょっと気になっただけだから。昔がどうでも、今はお客さんなんだから、来てもらえるのはありがたい」

　なんでもないふうを装ってそう言うと、健太郎は納得した。

「ならいいけど」

そこで少し考えて、なぜかまわりを見回した。そして少し声を落とした。

「鈴、ちょっと話は変わるんだけどさ……その……最近、白妙さまがよく来られるって聞いたんだけど本当なのか？」

「え？　うん、来られるよ」

白妙は、よくどころか毎日顔を見せている。

一番風呂に入り、ラムネを飲む。そのあとタイル画から入浴客を見守って、しまい湯に入る鈴と後ろを向いて話をする。そして夜は狼の姿になって鈴の布団で眠るのだ。

でもそういえば、健太郎が来る昼間は寝ていることが多かったかもしれない。

「おばあちゃんの代わりに私がいぬがみ湯をしていることを心配してくださっているのかも。けんちゃんは白妙さまにお会いしたことはあるの？」

尋ねると、彼は神妙な顔で頷いた。

「あるよ、夢の中で」

「夢の中？」

「うん。確か小学校三年のころだったと思う。あのころ俺さ、ちょっと鈴をからかうことが続いてたんだよな。いじめるつもりはなかったけど、その……鈴、頭を三つ編みにしてただろ？　それがちょっと気になって」

そういえばそんなことがあったような。学校の行き帰りに、いたずらに引っぱられることが何度かあって嫌だった。三つ編みは気に入っていたけど、そういうことがあって、髪を切った記憶がある。

「そしたら夢に白妙さまが出てきてさ、叱られたんだよ。お前は鈴の幼なじみなんだから、いじめちゃダメだ、守ってやれって。口調はすごく優しくて丁寧なんだけど、……すっげー怖かった」

そう言って健太郎はぶるりとした。

「それから俺、鈴をからかうのはやめたんだ」

その話に鈴はびっくり仰天してしまう。初めて聞く話だった。

「だからけんちゃん私に優しくしてくれるようになったのね」

「いやもちろんそれだけじゃないよ。……鈴は俺にとっては特別だ。つまりその……幼なじみなんだからさ、大事にするのは当たり前というかなんというか……」

健太郎が彼にしては珍しくごにょごにょと何か言う。もう一段声を落として真剣な表情になった。

「でもさ、鈴。その……大丈夫なのか？」

「大丈夫って？」

彼の言葉の意図するところがわからなくて鈴が首を傾げると、健太郎が迷いながら口を開いた。

「だって鈴はここにひとりで寝起きしてるんだろう？　そこにさ、白妙さまが来られるってことはふたりきりになるときもあるわけだ。……白妙さまは男なのに、ふたりきりっていうのは……」

「けんちゃん！　白妙さまは神さまだよ！」

鈴は声をあげた。

「いやそうなんだけど、でも俺が見た白妙さまは若くてイケメンだったから、ちょっと心配になったんだよ」

いくらなんでもそれは心配しすぎだ。そんなことを言うなんてバチ当たりすぎる。

「じゃあ、何もないんだな？」

「当たり前じゃない！　そんなこと言ったら叱られるよ」

健太郎が安堵したように息を吐いた。そしてなぜか番台の上の鈴の手に、自分の手を重ねる。

「ならいいけど。鈴、いぬがみ湯をやるって決めたってことはさ、もう村を出ないってことなんだよな。だったら俺——」

「大きくなったなぁ、健太郎。久しぶりだなぁ、夢で会って以来だ。あのときの私との約束を守ってくれてうれしいよ」

いつの間にか鈴のすぐ後ろに白妙が立っていた。そう言って鈴の手に重ねた健太郎の手をじっと見つめている。

「お、お久しぶりです……あ、そうだ！　俺、まだ仕事が残ってるんだった！　もう行かなくちゃ。じゃ、じゃあ、また！」

「え？　けんちゃん、ちゃんとご挨拶しなきゃ。けんちゃんってば！」

健太郎は重ねた手を引っ込めると、鈴の言葉には答えずにそそくさと出ていった。

ピシャリと閉まるドアを見て白妙がつぶやく。

「まったく、油断も隙もない奴だ」


健太郎から律子の事情を聞いてから二日後。

律子に対する複雑な気持ちはあるものの、家の風呂の修理が終わればもう彼女は、ここへ来る必要はなくなる。小さい町とはいえ、あまり関わることはないだろう。

そう考えていたのだが、そうもいかなくなってしまった。

いつものように息子を連れて現れた律子が大浴場へ向かって三十分ほど経ったころ、ちょっとした騒ぎが起こった。

「拓真《たくま》、ダメ！　戻りなさい！」

慌てたような声が聞こえて、鈴が渡り廊下のほうを見ると、朱色の暖簾《のれん》から彼女の息子拓真がトトトと走り出てくるではないか。衣服はおろかオムツもつけておらず、すっぽんぽんである。髪は湿っていて身体からホカホカ湯気が出ているということは風呂上がりなのだろう。拓真はそのまま、きゃっきゃっと笑いながら渡り廊下をぐるぐると回りだす。

「拓真ってば！」

暖簾《のれん》の向こうから律子の声がするが彼女自身が出てこないのは、おそらく風呂上がりで服を着ていないからだろう。

近くの客がオロオロと拓真を追いかけるが、年寄りばかりで埒があかない。走り回る足音と楽しそうな声に誘われて、てててとせわし男まで出てきて渡り廊下は大騒ぎである。

鈴は慌てて番台を太郎に任せて駆けつける。そして、てててと追いかけっこをしている拓真を抱きとめた。

拓真は目をパチパチさせて驚いたように鈴を見上げる。ぷにぷにの身体にすべすべの頬、どこか懐かしいような匂いがして鈴の頬が緩んだ。

「つかまえた！」

そう言ってにっこりとすると、拓真は一瞬目を丸くして、すぐにきゃっきゃっと声をあげて笑いだす。怖がる様子はまったくなかった。

「ママのところへ戻ろうね」

抱き上げて暖簾《のれん》をくぐると、脱衣所では律子が急いで衣服を身につけている。鈴に抱かれている拓真を見てホッと息を吐いた。

「もう！　勝手に行ったらダメじゃんか」

脱衣所の長椅子には、拓真のものと思われるオムツとパジャマが置かれている。おそらく、自分は裸のまま彼の身体を先に拭いて、さあ着せようと思ったときに逃げられてしまったのだろう。律子の髪も背中もまだ濡れて、滴がついていた。

「これを穿かせたらいいんだよね」

拓真を下ろしオムツを手に取り問いかけると、律子が驚いたように鈴を見て、頷いた。

「……うん」

「拓真くん、穿けるかな？」

そう言ってパンツ型になっているオムツを彼の足元に広げると、彼は鈴の袖をギュッと持ち器用にむちむちの脚を入れる。

「わ、すごい！　上手ねぇ」

お世辞でもなく鈴は声をあげた。こんなに小さくてまだ言葉もほとんど話せないのに、こちらの言うことはちゃんと理解しているのが不思議だった。機関車のキャラクターがついているパジャマを頭から被せるとしっかり袖から手を出すのも驚きだ。

「すごいねぇ」

ズボンを穿けたところで、鈴がパチパチと手を叩くと拓真もうれしそうに真似をした。律子は何も言わず自分の身支度を整えていた。

パジャマを着た拓真が「あーあー」と言って彼女に手を伸ばすと袋から小さなパックジュースを取り出してストローを刺し、長椅子にちょこんと座る拓真に持たせた。

「やさしく持ってよ」

そして拓真がジュースをちゅーちゅー飲みだすと、鈴に向かって言い訳をするように言う。

「……本当はあまりジュースはあげたくないんだけど、こうでもしないと私が服を着られないから」

鈴は頷いて拓真に手を振って番台に戻った。

次の日から鈴は律子が風呂から上がるころに脱衣所へ行き、拓真の体を拭いてやりパジャマを着せるようになった。

「別にそこまでしてくれなくていいのに。鈴、仕事中だろ?」

「お客さんの手助けは、仕事のうちだよ」

鈴が言うとそれ以上は何も言わなかった。実際、お年寄りもたくさん来るいぬがみ湯では手助けが必要な人もいて、そういう場合は手伝うのだ。それと同じことだった。お風呂上がりは身体が冷める前に服を着てもらいたい。そのためならこれくらいはなんてことなかった。

拓真とはすぐに仲よしになった。玄関から入ってきて番台の鈴を見つけるとにっこりと笑って手をパチパチと叩く。鈴も笑顔で手を振りかえした。

そうしてさらに三日が経った日、またちょっとした騒ぎが起きた。

いつものように拓真にパジャマを着せたところ、いつももらえるはずのジュースがなかったのだ。

「今日はないんだ。ごめん、拓真」

そう言って両手をひらひらさせる律子に、拓真はきょとんとしていたが、やがて状況を理解したようでふえっとなって大きな声で泣きだした。

「番台にもオレンジジュースはあるから持ってこようか？」

びえーんびえーんと泣く拓真をなだめながら鈴が言うと、彼女は首を振った。

「あのジュースでないとダメなんだよ。赤ちゃん用のジュースなんだ。大人と同じのはちょっと……。あれは高倉の大きなスーパーにしか置いてなくて、今切らしてるんだ」

憂うつな表情で律子は言う。その間も拓真は大きな声で泣いている。

「うるさいねぇ、迷惑だ。まったく近ごろの母親は、自分の子の面倒もみられないのかい」

そんな言葉が耳に飛び込んでくる。振り返ると、三丁目に住む山田《やまだ》が、嫌そうにこちらを見ている。彼女は鈴の視線に気がついて、さっさと浴場へ消えていった。

律子が悔しそうに唇を噛み、鞄の中にタオルや着替えを突っ込んでいく。

「りっちゃん……」

鈴の呼びかけにも答えずに、泣きわめく拓真を抱いて、さっさと脱衣所を出ていった。

揺れる朱色の暖簾《のれん》を見つめて、鈴はため息をついた。

律子に拓真の面倒がみられないなんて、そんなことはまったくない。まだ小さな拓真に大人と同じジュースを飲ませたくないのは当然だし、高倉へ行かないと買えないジュースを切らしているのも仕方がない。律子は日中、サンマートで働いているのだから。

こういうとき、気のきいた言葉をかけてあげられない自分が情けない。せめて迷惑なんかじゃないよと言ってあげられたらよかったのに。

長椅子に腰かけて鈴はしばらく考えこむ。

拓真と一緒にいる姿を見るうちに、彼女との過去に対する複雑な気持ちは薄れつつある。子の父親と離婚してひとりで息子を育てるのは、きっとものすごく大変だ。

だからこそ、今の彼女の様子が鈴には少し気がかりだ。

そもそも以前の彼女はもっと明るくて元気だった。言いたいことをスパッと言うところがあって、鈴はそんな彼女が好きだった。

だからさっき山田に何も言い返さなかったことが、昔を知る鈴は意外だったのだ。

それは彼女が大人になって分別がつくようになったからかもしれない。でも、それだけではないような。

……十九で子どもを産み、育てる間に同じようなことが何度もあったのではないだろうか。

暗澹《あんたん》たる思いで、鈴は立ち上がり番台へ戻った。


次の日、鈴は高倉の病院にやってきた。

窓から吹きこむそよ風がライトグリーンのカーテンを揺らしている。静かな病院の個室で、眠る祖母の枕元に鈴は座っていた。

本当なら毎日でも顔を見たい。でもいぬがみ湯を開ける日は、日中にやることがたくさんあって無理だ。だからこうやって、定休日である水曜日には必ず来るようにしていた。

「私、おばあちゃんみたいにできないよ」

眠る祖母に向かって、鈴はぽつりとつぶやいた。

相変わらず番台での鈴は、客の話を聞くばかりでお世辞にもうまくやり取りできているとはいえない。山田などは、あからさまに不機嫌になることもあるくらいだ。

昨日の出来事も、もし祖母が女将として番台に座っていたなら、起きなかったと鈴は思う。

いぬがみ湯は年寄りから赤子まで誰でも湯に浸かれる場所、わいわいがやがやが当たり前の場所なのだ。子が泣いたところで、気にする者などいない。それどころか「元気だなぁ」と褒められることだってあるくらいだった。

女将である鈴がしっかりしていないから、律子はあんなことを言われたのだ。

「おばあちゃん、私どうすればいい？」

思わず問いかける。でももちろん答えはなかった。ため息をついて立ち上がる。

「また来るね」

そう声をかけて病室を出た。

高倉駅に向かう途中の道は、もう随分と日差しがきつかった。あと少ししたら梅雨に入るとテレビのニュースでやっていたが、その気配は感じられない。

街路樹が並ぶ歩道を鈴は行く。途中、三叉路《さんさろ》に差しかかった。右へ行けば駅、左へ行けば大型スーパーだ。ピンク色の看板がここからもよく見える。

立ち止まり少し考える。そして携帯で電車の時間を確認してから、鈴は左の道を歩き出した。


次の日の夕方、いぬがみ湯に拓真を連れた律子が姿を現したとき、鈴は心底安堵した。もう来てくれないかと思っていたからだ。思わず番台から出てふたりに歩み寄ると、律子の腕の中で拓真がにこにことした。

「来てくれたんだ」

鈴が言うと、律子が忌々しそうに舌打ちをした。

「風呂の修理が終わらないんだ。原因不明とか言って、あの電気屋……」

そして鈴を不機嫌に睨み、言い放った。

「もう手伝いはいらないから」

「……え？」

「拓真の着替え。……元々、ひとりでできるんだから」

そう言ってさっさと渡り廊下へ向かう。その後ろ姿を鈴は慌てて呼び止めた。

「りっちゃん！　あの……たっくんのジュース、番台の冷蔵庫にあるから。昨日、高倉へ行ったから買ってきたの。よかったら飲ませてあげて」

鈴が説明すると、律子が眉を寄せていら立たしそうに口を開く。

「……どうしてそこまでするのよ。そんなこと頼んでないじゃない」

「つ、ついでだったから……できることがあるなら、したいなと思っただけだよ。たっくんとは仲よしになったし……」

言い訳をするように、鈴は答えた。

「……でよ」

律子が何かをつぶやいた。

「え？」

「余計なことしないでよ！」

突然感情を爆発させた律子に、鈴は目を見開いた。拓真も驚いたように母を見上げている。

凍りつく鈴を鋭く睨み、くるりと向きを変えると律子は足早に大浴場のほうへ去っていく。あぶーと言って拓真が不思議そうな顔で鈴に手を伸ばしていた。

山に紛れるあやかしたちが眠るころ、表の扉の戸締まりをして番台裏の和室へ行くとすでに白妙はそこにいた。白狼の姿で畳の上に寝そべっている。毎夜この和室で白妙と一緒に眠るのが、いぬがみ湯を始めてからの鈴の新しい習慣だ。

人の姿の彼にはドキドキする鈴だけれど、白狼姿だと不思議と心が落ち着いて、くっつくとよく眠れる。おそらくは小さいころからそうしてきたからだろう。

昼間くたくたになるまで働いても、夜ふわふわの白狼に包まれて泥のように眠ると、朝にはまた元気いっぱいだ。白妙のほうも働きだしたばかりの鈴を気にかけてくれているのかこうして毎晩出てくる。

太郎の小言を避けるように朝にはいなくなっているのだけれど。

「何かあったようだな、顔に出ている」

布団を敷き終えて、その上にペタリと座る鈴に向かって白妙が言った。

「……顔に？」

鈴は首を傾げた。そんなことを言われたのは初めてだ。愛想笑いが苦手な鈴は、人には無表情に見えるようで、黙っていると何を考えているかわからないと言われることが多い。

「あ、そうか神さまだから……ですね？」

「いいや、そうじゃなくて。小さいころから鈴を見ている私にはわかるということだよ。今は……」

そこで言葉を切って、白妙が鈴の頬を鼻でちょんちょんとした。

「頬に力が入っている。何か悩んでいる証だ」

鈴は、触れられたところに手を当てて少し考えてから口を開いた。

「……どうしたらおばあちゃんみたいな女将さんになれるのかなって考えていたんです」

「佳代みたいな？」

「はい。まだ始めたばかりなのに、だいそれたことを言っているのはわかります……だけど、おばあちゃんが番台に座っていたときは、いぬがみ湯は今よりもお客さん同士も仲よしで、うまく回っていたように思います」

祖母には、客が望む答えや必要としていることを察する力があったと思う。つらい気持ちで玄関の暖簾《のれん》をくぐることが多かった鈴は、何度もそれに救われた。

その力は鈴にはない。世間話をする客たちがどう答えてほしいのか、どんな反応をするべきかわからないのだ。

だから律子に対しても余計なことをしてしまった。拓真の着替えなど律子ひとりでできるのに、鈴が手伝ったりしたから、彼女は山田に嫌味を言われる羽目になったのだ。

「私もおばあちゃんみたいになれたらいいのに……。そうしたら――」

「鈴」

うつむいて肩を落とす鈴の言葉を、白妙が遮った。

「佳代みたいになろうとする必要はない。鈴は鈴、佳代は佳代なんだから」

「しろさま」

でもその言葉に、鈴は素直に頷けない。

鈴は鈴で佳代は佳代。それはそうかもしれないが、果たしてそれでいぬがみ湯をやっていくことができるのだろうか？

「焦る必要はない」

「でも」

「それに、すでにあやかしたちは鈴を女将として認めつつあるじゃないか」

「私を……？」

鈴が首を傾げると、白妙が頷いた。

「あやかしなんて気まぐれで自分勝手な奴らばかりなんだ。いぬがみ湯に住み着いてはいても、働いてるなんて意識はない。毎日ちゃんとやれなんて到底無理な話なんだ。佳代は……そうだな。寺子屋の先生みたいにしていたな」

「先生みたいに？」

「そうだ。お前の役割はこれなんだからしっかりやらねばならない、じゃないと消えてしまうなんて言って、それぞれのあやかしたちに説いてまわっていた。ときに厳しく根気よく。でも最近はそうこまめにできなくてサボってる奴らもいたみたいだが」

なるほど、と鈴は思う。だから掃除が行き届いていなかったのか。祖母が倒れた次の日の真っ黒な雑巾の山が頭に浮かんだ。

「……だったらどうしてあやかしたちは、今はきちんと働いてくれるのでしょう？」

あやかしたちは真面目にせっせと働いてくれていて、今のいぬがみ湯は掃除が行き届いている。自分は祖母のようにあやかしたちに何かを説いてまわったりはしていないのに……。

「一緒になって掃除をするからだよ」

「……一緒に？」

鈴は首を傾げた。

「そうだ。誰よりも張り切って掃除をしているじゃないか。まぁそれは小さいころからだけど、奴らはそんな鈴が好きなんだな。鈴と一緒に掃除をするのが楽しいんだ。だから鈴がやりだすと我先にと姿を見せる。大丈夫、佳代のやり方でなくても鈴は女将としてやっていける」

そう言って白妙は枕にコテンと頭を乗せて、布団の上に寝そべった。

「鈴がいいと思う通りにやってごらん。きっとうまくいく。……ほらおいで、もう寝よう」

鈴は頷いて彼の隣に潜り込み、温かなふわふわに頬を寄せて彼の言葉を考えていた。あやかし相手と人相手では、また少し事情が違うような気もする。客相手にも鈴は鈴のやり方で一生懸命やっている。それでうまくいかないのだから。

……でも。

「おやすみ、鈴」

「おやすみなさい、しろさま」

鈴は鈴で佳代は佳代。

その言葉を胸にしまい込んで、鈴はゆっくりと目を閉じた。

鈴は鈴のやり方で。

その言葉を鈴は考え続けた。祖母は明るくて話し上手な人で、彼女がいるとその場が自然と明るくなる。どうあがいても鈴にはできないことだ。

もちろん鈴にだってできることはあって、それでうまくいくこともある。あやかしたちが受け入れてくれたのはその証拠だ。それはうれしいけれど、うまくいかないときは、どうすればいいのだろう？

「……それにしてもどうしてうちの息子はいつもああなんだろう？　この前も……鈴ちゃん？　鈴ちゃん！　聞いてるのかい？」

日が暮れて続々と客が訪れるいぬがみ湯の番台で、鈴に向かって息子夫婦の愚痴をこぼしていた山田が、いら立たしそうに声をあげた。

「うわの空で、ろくに返事もしないじゃないか！」

自分の話を鈴が聞いていないんじゃないかと思ったようだ。彼女の話は愚痴が多くて好きな部類の内容ではないが、話すことでスッキリとした気分で帰ってくれたらそれでいいと思っていた。だからこそ鈴は彼女の話をしっかりと聞いていた。ただ、気の利いた返事ができていなかっただけで。

「すみません……。きちんと話は聞いていましたけど……」

「うそをつけ。どうせ年寄りの話なんて、聞くだけ無駄だと思っているんだろう！　まったくこれだから最近の若者は。あーあ、佳代さんのときはこんなことはなかったのに。佳代さんに早く帰ってきてもらいたいねぇ」

祖母に帰ってきてもらいたいのは間違いないが、その嫌味な言い方が鈴の胸をグサグサと刺す。

山田が大げさにため息をつく。

「本当に鈴ちゃんは昔から愛想が悪いんだから。うちの嫁だってもう少し気の利いたことを言えるよ」

一番気にしていることをズバリ言われて、鈴の頬がかぁっと熱くなる。でもとりあえず、非礼を謝らねばと口を開きかけた、そのとき。

「だったら嫁に聞いてもらえばいいじゃないか！　その無駄話!!」

鋭く言い返す声がして、驚いてそちらを見ると、律子が拓真を抱いて立っていた。

「誰にも聞いてもらえないから、あんたはここで喋るんだ！　鈴くらいだよ、あんたの話を黙って聞いてくれるのは！」

「なななんだって⁉」

山田が目を剥いて声をあげるが、彼女は怯まない。つかつかと番台のところまでやってきてさらに畳みかける。

「返事がないからうわの空だって？　よく言うよ。自分の言ったことに反論されたら嫌がるくせに。鈴はねぇ、ちゃんと人の話は聞いているし覚えてる。あんたのその愚痴が毎日同じ内容だってこともわかってる。それでも聞いてくれるんだ。それが鈴なんだよ!!」

律子の声が響きわたり客たちがなんだなんだと集まってきた。浴室の見回りに行っていた太郎と次郎も駆けつけた。

「ほんっとに、なまいきだねぇ、最近の若い母親は！　あんたなんて自分の子の着替えもろくにできないじゃないか。この前、泣かせてたくせに」

山田が真っ赤な顔をして反撃に出る。

「うるせーよ！」

睨み合う両者に割って入ったのは、豆腐屋の女将だった。

「まあまあ落ち着いてくださいな、山田さん。りっちゃんの言うことはもっともだよ。鈴ちゃんは番台で私たちの話をよく聞いてくれるじゃない。そりゃ、佳代さんみたいにアドバイスをくれるわけじゃないけれど、それは年齢が違うんだもの仕方がないわ。年寄りの話を嫌がりもせずに聞いてくれるだけで、私は満足ですよ」

するとと集まった客のうちのひとりが女将に同意した。

「佳代さんだったらお説教されるかしらと思うような話も、鈴ちゃんになら話せるよねぇ。ついつい長話になってしまうよ」

豆腐屋の女将が頷いて山田を見た。

「あんたの愚痴もきっと佳代さんなら怒られただろうよ。そんなふうに言うもんじゃないって」

すると山田は気まずそうに目を逸らし、フンッと言って足元に置いてあるタオルが入った袋を掴む。そして足音を鳴らして下駄箱へ歩いていく。帰るのだろう。

その背中を鈴は呼び止めた。

「あの……！　い、いぬがみ湯はお年寄りから赤ちゃんまで、皆がゆっくりとリラックスしていられる場所です。だから、赤ちゃんが泣いてしまうのもできれば温かく見守ってもらえたらありがたいです」

　ドキドキして震える声を励まして鈴は山田に言った。

「番台で話を聞かせてもらうのも、私、楽しみにしています。だ、だからまた明日もお待ちしております」

　山田はもう一度フンッと言って、そのまま玄関を出ていった。集まった客たちがやれやれと言って解散する。

　豆腐屋の女将がため息をついた。

「あの人もねぇ勝ち気だから……つい最近同居していた息子夫婦が出ていってしまったんだよ。きっと寂しいんだろうねぇ。ちょうど出て行った孫が拓真くんくらいだったから、気になってしまうんだろう。あんまり悪く思わないでやって」

　取りなすような言葉に鈴は頷いて頭を下げた。

「はい。あの、ありがとうございました」

「いいえ。鈴ちゃん、あの人の言ったことあまり気にしちゃダメよ。佳代さんに帰ってきてほしいのは本当だけど、鈴ちゃんじゃダメってわけじゃないんだから。むしろよくやってると思うわ」

　豆腐屋の女将の言葉に鈴は思わず聞き返す。

「……そうでしょうか？」

「そうよ。さっきの人の話を聞いたでしょう？　そりゃ佳代さんとは違うけど、鈴ちゃんは聞き上手だわ。話の腰を折ったりせずに、最後まで聞いてくれるもの。山田さんじゃないけど、私も家ではなかなかここまでは……。それに、なんといっても近ごろは隅々まで掃除が行き届いてる！　本当に気持ちいいわ」

「……あ、ありがとうございます！」

鈴の胸が熱くなった。

もちろんまだまだ課題は山ほどある。でも少なくともひとりは鈴を認めてくれた。今の鈴にはそれだけで十分だ。

「りっちゃんも、ありがとう」

豆腐屋の女将の隣で、やや放心状態で立ち尽くしている律子に向かって鈴は言う。自分のことを言われたときは黙っていた彼女が、鈴のために言い返してくれたのは正直言って意外だったが、素直にうれしかった。

「りっちゃん……？」

律子は床を見つめて答えなかった。一文字に結んだ唇が震えている。

「……ないでよ」

「え？」

「お礼なんて言わないでよ。私は鈴にあんなことを言ったのに」

そう言ってこちらを見た彼女の目は真っ赤だった。涙が今にも溢れそうだ。

「りっちゃん……。昨日のことなら気にしないで。私も余計なことしたし、りっちゃんが怒るのも無理はな……」

「違う！　そうじゃなくて……！」

そう言った律子の目からついに大粒の涙が溢れだす。持っていたエコバッグがパサンと足元に落ちた。

豆腐屋の女将が「あらあら」と言って、律子に抱かれた拓真に向かって手を広げる。

「拓真くん、ママたちちょっと話があるみたい。ばばと一緒にお風呂に入って待ってようか？」

拓真は特に嫌がる様子もなく目をパチパチさせて抱かれた。

「女将さん、でも……」

律子は躊躇しているようである。豆腐屋の女将自身はすでに湯上がりだ。

「大丈夫、家ではやんちゃ坊主の面倒をみてるのよ。りっちゃん、拓真くんの着替えはこれ？」

エコバッグを拾い上げて女将が律子に聞いている。律子は、拓真が特に嫌がっていないのを確認して頷いた。

「お願いします。風呂上がりにジュースを飲ませてやってください。赤ちゃん用の奴」

そしてポケットから百円玉を取り出して女将に渡した。

豆腐屋の女将が拓真を抱いて浴場へ向かったあと、番台を太郎に任せて鈴は律子を番台裏の和室へ促す。いくぶんか落ち着きを取り戻した律子がちゃぶ台の前に座り、部屋を見回した。

「懐かしい……。小さいころ、ここで遊んだよね。鈴のおばあちゃんにジュースをもらって」

今から思えば、鈴の母も律子の母も働いていたから預けられていたのだろう。この部屋で鈴と律子はよく番台脇の冷蔵庫から出したジュースを飲ませてもらっていた。

「りっちゃんは必ずラムネだったよね」

そう言って彼女の前にラムネを置いて鈴も向かい合わせに座る。律子がラムネを手に取ってキュポンと開けてひと口飲み、長いため息をついた。

「楽しかった。うちは母子家庭でひとりっ子だから、小さいころは家にいてもつまらなかったんだ。お母さんは夜の仕事だから昼間は寝てばかりだったし。ここへ来ると鈴のおばあちゃんがいて、鈴と遊べて……」

そこで律子が声をつまらせる。そして両腕で顔を覆いくぐもった声を出した。

「鈴、ごめん。あんなこと言って……」

金髪がかかる肩が震えている。ちゃぶ台に雫がぽたりぽたりと落ちた。

「りっちゃん……」

なんと言っていいかわからなかった。彼女の言うあんなことというのは昨日のことではないようだが、心当たりがないからだ。

「小学生のとき、私、鈴にひどいことを言った。……もう遊ばないって」

律子が声を絞りだす。

「りっちゃん、覚えてたの……？」

鈴は目を見開いた。成長するにつれ徐々に距離が開いていたふたりを完全に引き離す決定打となったあの言葉。あれ以来、鈴は律子を誘わなくなった。鈴にとっては忘れられない悲しい思い出だ。まさか彼女もそれを覚えているとは思わなかった。

律子が鼻をぐずぐずとさせた。

「……あのころ、鈴、クラスの皆から少し浮いていただろ？　私、皆と一緒にいたくて鈴と遊ぶのをやめたんだ」

しばらく沈黙してから鈴は口を開いた。

「……でもそれは仕方がないんじゃない？　りっちゃんには遊びたい子を選ぶ権利があるんだから」

あのころの惨めな思いを悟られないように鈴は言う。

子どものころは理不尽だと思ったことも、大人になってみればまた見方が変わっている。幼なじみだからといっていつまでも仲よくしなければならないという義務はない。

鈴の言葉に、律子が頭を振った。

「違う！　違うんだ鈴。私も本当は鈴と遊びたかった。クラスの子と遊ぶのも好きだったけど、同じくらい鈴と遊ぶのも好きだったから。でも他の女子の目が怖くて鈴を遠ざけたんだ。鈴と遊ぶならもう一緒に遊ばないって真由香《まゆか》に言われて……」

「真由香……山下《やました》さん？」

「そう」

山下真由香は、都会から天河村の病院に来ていた医者の子だ。二年生のときに父親について転校してきた。おしゃれな服装と流行の持ち物が女の子たちの憧れで、たちまちクラスの女子のリーダー的存在になっていった。

「真由香と一緒にいると、大きな家でおやつを食べられるし、たまにかわいいシールがもらえたりするから、皆彼女と友達になりたがった。でも鈴だけ無関心だっただろ？　だから真由香、鈴が気に入らなかったんだと思う」

元々あまり友達が多いほうではない鈴だったけれど、あのころ急にクラスから孤立していくのを感じたのは、そういう事情があったのだ。鈴はおしゃれにも流行にも興味がなかったから。

「それからも私はいつもどこかのグループにいて、まわりに調子を合わせていた。そうすれば孤立することがなかった。村を出て、美容師学校に通っていたときも、美容室で働いていたときもずっとそうしてた。それが正解だと思っていたんだ。……でも」

そこで律子は言葉を切って、唇を噛む。そして苦い物を食べたときのような顔をした。

「拓真の父親と別れたのは、向こうの浮気だったんだ。相手は私と一番仲のいい美容師仲間だった。……親友だって思ってたのに」

あまりにもひどい事実に、鈴が反応できないうちにまた律子が口を開いた。

「しかもまわりは皆知っていたんだ。いざこざに巻き込まれるのがめんどくさくて黙ってたんだって。……友達なんてしょせんはそんなもん。薄っぺらくて信用できない。鈴を裏切ってまで仲よくしていた真由香や他の子たちとはもう連絡も取ってないし」

律子の口から語られるこれまでの出来事に鈴の胸は痛んだ。

「……りっちゃん……つらかったね」

思ったままを口にすると、律子が唇を歪めてまた泣きそうな顔になった。

「……ここへ来るようになって、思い出したんだよ。鈴は調子のいいことは言わないけど嘘も言わない。約束も必ず守る。……それに、困っていたら必ず助けてくれるんだ。本当に信頼できる関係になれたのは、もしかしたら鈴だけだったのかもしれないって。それなのに私は鈴を……。ごめん、鈴」

「もういいよ、りっちゃん」

すべてを言い終えてうつむく律子に、鈴は言った。

「私、さっきりっちゃんが山田さんに、私はちゃんと話を聞いてる、それが私なんだって言ってくれたのがすごくうれしかった。わかってくれてたんだって。私のために言い返してくれたのもうれしかった。だからもうそんなに謝らないで」

ずっと心の中にあった黒くて固い塊が溶けていくのを感じていた。

どんなにもどかしく感じても、自分の性格を変えることはできなかった。それができない自分はダメなんだと思っていたけれど、本当はそうではなかったのかもしれない。

少しだとしてもわかってくれる人はいる。

「私ね、おばあちゃんが倒れちゃって急遽ここをやることになったけど、本当は不安だったんだ。私にできるかなぁって。でもさっきのりっちゃんと豆腐屋のおばさんの言葉を聞いて、やれるかもしれないって思った」

なんだ」


「やれるよ、鈴なら」

律子が力強く言い切った。

「拓真はね、本当は怖がりなんだ。初めての場所に慣れるのにすごく時間がかかる。でもここにはすぐに慣れただろ？　きっとここが安心できる場所だってわかるからだよ。毎日時間になったら早く行こうって、玄関にエコバッグを引きずっていくくらいなんだ」

「え？　本当に？　うれしいな」

少し意外なかわいいエピソードに、鈴の胸に温かいものが広がった。

いぬがみ湯は、心が解ける安心できる場所。そうあってほしいといつも鈴は思っている。

「もし今日みたいな客が来たらさ、今度からは私に言ってよ。さっきみたいに撃退してやるよ」

そう言って律子はニカッと笑う。その笑顔は鈴がよく知る昔の彼女だった。

「あらあら、無事に仲直りしたようだね」

声が聞こえて、ガラス戸が開く。豆腐屋の女将が拓真を抱いて入ってきた。彼は小さな手にパックジュースを持ってちゅーちゅーとうれしそうに飲んでいる。

「あ！　ありがとうございました。……泣かなかったですか？」

律子が立ち上がり彼を抱き上げる。豆腐屋の女将がにっこりとした。

「ぜーんぜん。身体を洗っているときからぬる湯を指差して、早く入れろって言ってたわよ。もうすっかりいぬがみ湯の常連さんね。でもこんなに小さかったらりっちゃんも大変でしょう？　もう少し早い時間に来てくれれば、こうやって手伝ってあげられるんだけど」

「ありがとうございます。……でもシフトが四時半までなんです。お迎えに行ってご飯を食べさせてから来るから今の時間が精一杯」

その気遣いに、律子は眉を下げて首を横に振る。

「そうなの」

元々子どもの面倒をみるのが好きな豆腐屋の女将が残念そうに言う。どうやら拓真に心を奪われてしまったようだ。

「ならしばらくは大変ね。お風呂の修理はまだ終わりそうにないんでしょう？」

「大丈夫です」

律子がチラリと鈴を見て、少し照れたように微笑んだ。

「鈴に手伝ってもらいますから」

戸締まりを済ませた鈴は番台に座り、いぬがみ湯の下駄箱を見つめている。なんだか胸がいっぱいだった。

　思いがけず律子と仲直りできたこと、女将としての鈴を客から褒められたこと。まだ夢を見ているようで信じられない。

　ひとつだけ気がかりなのは、山田がまたいぬがみ湯に来てくれるかどうかだが、そこは豆腐屋の女将が大丈夫だと言い切ってくれた。

『あの人、よく佳代さんとも喧嘩になってたけど、次の日にはケロッとして来てたのよ』

　少々愚痴っぽい彼女の話は、聞いていて愉快なものではないけれど、それでも時々、人生の先輩としてなるほどと気づかせてくれる。もう来てくれなくなったら寂しいと思っていた鈴は安堵した。

「鈴、今夜はもうそれくらいにして、おやすみ」

　番台の後ろのガラス戸の向こうから白妙の声がする。いつものように来てくれたのだ。

「はい、しろさま。今行きます」

　鈴は答えて立ち上がった。

　寝る前に白妙に聞いてほしいことがたくさんある。彼の鈴のやり方でやってごらんというアドバイスを聞いた直後は全てに納得していたわけではなかったけれど、今日のことで随分と心境は変わっている。

そんなことを考えながら部屋に足を踏み入れようとガラス戸を開けて鈴はギョッとした。

白妙がいつもの白狼姿ではなく人の姿だったからだ。

すでに敷かれた布団の上に寝そべって、鈴を待っている。オレンジ色の電気の下で銀髪を下ろし、少しはだけた浴衣の合わせから胸元がちらりと見えるのを、鈴は直視できなかった。途端に頭から湯気が出るような心地がして、頬が熱くなる。

白妙とふたりきりになって大丈夫かと言った健太郎の言葉が頭に浮かんだ。

とてもじゃないが、いつものように布団へ行くことはできない。でも。

「鈴、おいで」

手招きをされては素直に従うしかなかった。そろりそろりと彼のもとへ行き、布団の上にぺたりと座った。

「きょ、今日はいいことがありました」

彼のほうを見ないよう畳の縁に視線を固定したまま、鈴は口を開いた。

「りっちゃんと仲直りできたんです。小さいころに喧嘩をして以来、遊ばなくなっていた子なんですけど……」

「三年生のときだったな、あのとき鈴はたくさん泣いた」

　鈴は彼が律子との経緯を知っていることを意外に思う。でもすぐに、そういえば白妙には何もかも話をしていたのだと思い出し頷いた。

「はい。……もう一生、関わらないだろうなって思っていましたけど、大人になったら変わることもあるんですね」

　そう言って目を上げると、満月色の瞳がすぐそばで優しげに自分を見つめている。鈴の胸がドキンと跳ねた。

「と、豆腐屋のおばさんに……！」

　慌てて鈴は目を逸らし、胸の高鳴りを彼に悟られないようにまた口を開いた。

「私は女将としてよくやってるって言ってもらえたんです。おばあちゃんとは違うけれど、それでいいって。しろさまのおっしゃる通りでした。まだまだ頑張らなくちゃいけないことはたくさんあるけど」

「本当はね、鈴。私が地主神として、皆にひと言言うことだってできるんだ。鈴は佳代の代わりなんだから、鈴を困らせぬようにと。そうすればおそらくあっさり問題は解決しただろう」

　そうかもしれない、と鈴は目を見開いた。たしかに彼の言葉には、どんなに頑固な年寄りも従うだろう。鶴のひと声という奴だ。

「でも鈴のことについては、昔から佳代に、手も口も出すなとうるさく言われてきたし、何より私が鈴の力を信じていた。だから、黙って見ていたんだよ」

「私の力を……」

つぶやいて、鈴はその言葉を噛み締めた。鶴のひと声を使わなくとも、鈴自身の力でなんとかできると白妙は思っていた。

少し前の鈴なら買い被りだと思っただろう。でも今は……

「ずっとそうして、見守ってくださっていたんですね」

鈴が言うと、白妙がため息をついた。

「まあね。忍耐が試される日々だったよ……。鈴があの娘と喧嘩をしたと言って泣いていたときも、見ていることしかできなかったのはつらかった」

そこで、鈴はあることを思い出して首を傾げる。

「でもけんちゃんには、私をからかわないように言ってくださったんですか？」

「あれは、どうしても我慢ならなかったんだよ。鈴が長い髪を短く切ってしまったから。よく似合っていたのに……」

眉を寄せる白妙に、『めちゃくちゃ怖かった』と言っていた健太郎を思い出し鈴は思わずくすくす笑う。

白妙が目を細めて鈴の頭を優しく撫でた。

「もちろんおかっぱ頭の鈴も可愛かったけれど。……さぁもう寝よう」

白妙の言葉に時計を見ると、時刻は午後十二時をとっくに回っている。いつもなら布団に潜り込んでいる時間だ。明日も店を開くのだから、早く寝なくては。

でも鈴は、すぐにはそうできなかった。頬を染めたまま、もじもじする。

白妙が首を傾げた。

「鈴？」

鈴は迷いながら口を開いた。

「あのう、しろさま」

「ん？」

「そのう……今日は狼のお姿にはならないのですか？」

銀色の綺麗な髪、涼やかな顔立ちに吸い込まれそうな瞳、この姿の彼を前にするとどうにも胸がドキドキして、心がふわふわと落ち着かない。昼間ならともかく、夜に同じ布団で寝るなんて絶対に無理だった。

鈴の問いかけに白妙が意外そうに瞬きをして「ああ」と声を上げる。そして、ぼん！　と白狼の姿になった。

「そういえばそうだったな」

鈴はホッとして白狼の隣に潜り込み、白いふわふわに頬を寄せた。

「鈴は人の姿の私はあまり好きでないのだな？　初めてのときも怯えていた。どちらの姿も私には違いないが、もし鈴がそのほうがいいと言うのなら、ずっと狼のままでもいい」

優しく白妙が言う。その言葉に、鈴は少し考えてから恐る恐る頷いた。

「あの……そうしてもらえるとありがたいです。人の姿のしろさまも狼のときと同じくらい美しいと思います。でも私……」

鈴はそこで言葉を切って口を閉じる。罰当たりかもしれないと思うけれど、神さまにお願いごとをするのだからきちんと理由を言わなくてはと自分に言い聞かせて続きの言葉を口にした。

「どうしても人の姿のしろさまだと胸がドキドキしてしまうんです。なんだかふわふわして落ち着かない気分になるっていうか……受け答えもきちんとできてるのかわからないくらいになってしまって」

鈴はため息をついた。

「原因は私にあるんです。昔から男の子は苦手で……いぬがみ湯には男性もたくさん来られますから、今は少し慣れたはずなんですけど、でもどうしてか、しろさまには慣れなくて……」

頬が熱くなるのを感じながら、鈴は続ける。

「もちろん嫌な気持ちじゃないです。なんていうか、しろさまは私にとって特別だからもっともっとお話ししたいと思うんですが、いざお話ししたら言いたいことの半分も言えなかったっていう気分になるんです。狼のお姿だと昔からのしろさまだという気持ちになって落ち着くんですが……」

　思いつくままにあれこれと話した鈴は、そこで口を閉じて首を傾げた。

「しろさま？」

　白妙がくっくっくっくっと肩を揺らして笑っているからだ。

「あのー……」

「いや、理由はよくわかったよ」

　言いながらもまだ笑っている。どうして笑っているのですかとも聞けずに鈴が彼を見ていると、頬を鼻で優しく突いた。

「でもそういう理由なら、やはり狼の姿のままでいるのはやめよう。今まで通り昼間は人の姿のままだ」

「え⁉　ど、どうしてですか？」

　さっきはそうしようと言ってくれたのに。

「どうしてもだ。くくく」

　せっかくちゃんと理由を言ったのにと鈴は思う。

「私、失礼なことを言いましたか？」

気を悪くしてしまったのだろうか。まったくそんなふうには見えないけれど。

「いいや、ちゃんとした理由だったよ。とてもいい理由だ」

「ならどうして……」

「ほら鈴、もう寝なさい。夜は狼の姿でいてあげるから。それならば大丈夫だろう?」

「それは……そうですけど」

釈然としないまま言われた通りに鈴は目を閉じる。

白妙がくっくと笑ってつぶやいた。

「少なくとも、今のところは」

第四章　初めての神さま

林造園の作業着を着た職人たちが、いぬがみ湯の庭で木の手入れをしている。小気味のよいハサミのパチンパチンという音が、うららかな日差しに照らされた庭に響いていた。

三ヶ月に一度の間隔でいぬがみ湯は林造園に庭の手入れをお願いする。今日はその日だった。朝から健太郎とその父親、それから父親の弟子の三人がやってきて庭の松やイロハ紅葉の木の形を整えている。

「おつかれさまです。お茶ここに置いておきますね」

鈴は誰ともなく声をかけて、庭の長椅子に冷たいお茶のペットボトルを置く。そして地面に散らばる落ちた葉っぱや枝を拾い集めた。

「鈴ちゃん、いいよ。放っておいてくれたら。鈴ちゃんも仕事があるだろう？」

大きな青い袋に松の枝を入れている鈴に健太郎の父親が言う。鈴は手を止めないで答えた。

「午前中にやることは終わりましたから」

いぬがみ湯と林造園のつき合いは昔からで、大抵は健太郎の父親が数人の弟子を連れてやってきた。まだ小さかった鈴と健太郎は長椅子に座り、よく見学していたのだ。

健太郎の父親は、将来の後継として健太郎に葉っぱ拾いをさせていて、鈴も一緒になってやった。たくさん拾ったほうが勝ちだなんて健太郎が言うものだから、あちらこちらに散らばる葉っぱを鈴は夢中で拾った。結局いつも勝負はつかなかったけれど。

「相変わらず鈴ちゃんは、綺麗にやってくれるねぇ。戦力になるから次の現場にも連れていきたいなんて弟子が言ってたな」

すべての作業を終えたあと、健太郎の父親が長椅子に座ってさっぱりとした庭を眺めて言う。

「村に帰ってきたって聞いたときは、林造園《うち》で働いてくれるのかと思ってたのに」

「私なんかにやれることなんてありません」

鈴が言うと、「そんなことはないよ」と、健太郎の父親が笑った。

「鈴ちゃんは何をするのも一生懸命だし丁寧だ。この子は職人に向いてるな、なんて思ったりしたもんだ。健太郎の嫁に来てくれたらよかったのに。うちの奴も……」

とそこで、黙ってお茶を飲んでいた健太郎が不機嫌に父親の言葉を遮った。

「くだらねーこと言ってんじゃねぇよ！」

立ち上がり鳥居のほうへ歩いていく。そのまま橋を渡り帰っていく後ろ姿を鈴は驚いて見る。

「なんだ、あいつ」

健太郎の父親が首を傾げてつぶやいた。


日が暮れたいぬがみ湯の番台で、鈴はぞくぞくとつめかける客を迎えている。同時に手元では酒屋に頼むドリンクの注文書を書いていた。

いぬがみ湯にくる客の中には、風呂上がりのビールを何より楽しみにしている大工や、コーヒー牛乳が欠かせない子どもたちがいる。できるだけ品切れがないようにしなくてはならない。

在庫のメモと注文書を見比べて鈴がうーんと唸ったとき、ガラガラと玄関扉の開く音がする。顔を上げると、律子が拓真を抱いて入ってきた。

「りっちゃん、たっくん、いらっしゃい！」

律子の家の風呂の修理は少し前に終わった。

『ようやく原因がわかったんだよ。下水管に蛇の死骸がつまってたんだって。……だから田舎は嫌なんだ』

心底気持ち悪そうに言って、でも彼女は相変わらずこうやって毎日六時過ぎにやってくる。

『ここだと拓真の着替えを鈴が手伝ってくれるから、ゆっくり服を着られるし。何より拓真が行くってうるさいんだ』

聞くところによると、浴室内でも顔見知りになったおばさんたちが競うようにして拓真の面倒をみてくれるという。もうすっかりいぬがみ湯のアイドルだ。

そんなふたりのために、鈴は酒屋に頼んで赤ちゃん用ジュースも冷蔵庫のラインナップに加えることにした。他の親子連れにも好評である。

「りっちゃん、お仕事おつかれさま。たっくん、こんばんは」

番台のそばまでやってきたふたりに声をかけると、拓真がうれしそうにきゃっきゃっと笑った。

「おつかれ、鈴」

律子がニカッと笑った。そこへ。

「おお、来たな」

すぐ後ろから声が聞こえて鈴は振り返る。そこには白妙が立っていた。藍色のしじら織の浴衣が今夜も実に涼しげだ。きゃっきゃと手を伸ばす拓真の小さな手を取り、愛おしげに目を細めた。

「白妙さま、こんばんは」

律子が挨拶をした。

ここ最近、白妙はよく番台に姿を見せる。鈴と一緒に客を迎えてくれるのだ。鈴の記憶にある限り、祖母のときはなかったことだが、近ごろはいぬがみ湯に行けば白妙さまのお顔が見られると客たちには評判で、今まで来なかった人も来るようになった。

初めはどこかおっかなびっくりだった律子たちも、今ではすっかり慣れたようで拓真はよく腕に抱かれている。お年寄りから赤子まで分け隔てなく接する姿はさすが地主神さまだ。

「おや白妙さま、こんばんは、鈴ちゃんも頑張っているねぇ」

ガラガラと戸を開けて入ってきたのは、酒屋の主人だった。

「おじさん、いらっしゃい」

白妙がにっこりとする横で鈴は答える。酒屋が鈴の手元に気がついた。

「鈴ちゃん、その注文書、帰りに渡してくれたら持って帰るよ」

「いいんですか？　ありがとうございます。助かります」

明日の午前中に店に持っていこうと思っていたが、持って帰ってくれるならひと手間省けてありがたい。

酒屋が首を振った。

「いやいや。鈴ちゃん本当に女将さんらしくなってきたねぇ。うんうん、新しい女将さんを村の皆で盛り上げていかないといかんな」

注文書を持っていってもらうことのお礼を言っただけなのに、やや大袈裟に酒屋は言う。

「よろしく頼むよ」

白妙が鈴の肩に手を置いた。

「もちろんです、もちろんです！　白妙さま」

酒屋はニンマリと意味深な笑みを浮かべて、鈴と白妙を交互に見る。肩に置かれた白妙の手が鈴の頬に移動した。

「頼もしいな、鈴？」

耳元で囁くように白妙が言う。ふわりと感じる甘い香りに、鈴の頬が熱くなった。

「は、はい、しろさま……」

なんだかとても恥ずかしくてうつむいて鈴が答えると、酒屋がむふむふとまた変な笑みを浮かべる。そしてチラチラと振り返りながら浴場のほうへ去っていった。その後ろ姿を見送って、鈴は心の中でため息をついた。

実は最近こういうことがよくあった。

番台に出てきた白妙が鈴に親しげにするのだ。いや、それ自体は初めて会った時とそれほど変わらない。狼の姿とはいえ夜は一緒に寝てるのだから。

でも営業時間内に番台で、ということに鈴は少し困っていた。

きっとこれは練習なのだと鈴は思っている。人の姿の白妙には胸がドキドキして慣れないと鈴が打ち明けたから、頻繁にその姿を見せて慣れさせようとしてくれている。しかし残念なことに、その成果は一向に出ていなかった。相変わらず人の姿の彼を見るだけで、心はふわふわと落ち着かない。ましてやこんなふうに触れられるとどうしていいかわからなくなってしまう。

そしてそんな鈴を見て、まわりはやたらとにやにやする。神さま相手に挙動不審な態度をとる鈴をおかしく思っているに違いない。

「あ！　白妙さま！　大浴場にいらっしゃらないと思ったら、またこちらにいらっしゃったんですね！」

酒屋と入れ替わるようにして、太郎が渡り廊下をやってくる。小言を言うのもここのところのお約束だ。

「ちょっと鈴の様子を見に来ただけだ。うるさいなあ。うちの番頭は」

白妙が口を尖らせた。

「そうはいっても、そうふらふらされては神さまの威厳というものが保てないじゃないですか！」

太郎がガミガミと言う。通りがかりの客が振り返った。

「あら、たろちゃん。私はうれしいよ。しょっちゅう白妙さまのお顔が見られるんだもの。これも鈴ちゃんのおかげかねぇ」

そう言って酒屋と同じように、ニンマリとして鈴を見る。鈴は曖昧に微笑んだ。

「とにかくもうお戻りください」

ほら見ろと言わんばかりの白妙を、太郎が引っ張るようにして連れていく。その後ろ姿を見送って、律子がつぶやいた。

「うーん、これじゃ健太郎が荒れるのも納得だ」

「けんちゃんが荒れてるって……りっちゃんもそう思う？」

その言葉に鈴は反応する。そしてそのまま昼間の出来事を律子に話した。彼の父親が鈴を嫁にほしいと言ったときの彼らしくない振る舞いについてだ。あんなに不機嫌な健太郎は初めてだった。

鈴と彼は小さいころからよく一緒にいて、年齢が上がっても関係が変わらなかった。そのため、カップルだ夫婦だとからかわれることはしょっちゅうだった。だからといってふたりともそれにいちいち反応することはない。慣れっこだったはずなのに。

律子がやれやれと言うように頷いた。

「荒れてるね。さっきうちの店に来てたんだよ。カウンターの隅で酒を飲んでた。話しかけても返事もしない。感じが悪いったらなかったよ」

うちの店とは彼女の母親がやっている赤暖簾《あかのれん》のことだ。律子と拓真は保育園からの帰りにそこへ寄って夜ご飯を食べている。

「そうなんだ。……何かあったのかな？　りっちゃん心当たりある？」

鈴が律子に尋ねると、彼女は目をパチパチさせて素っ頓狂な声をあげた。

「何かって、そりゃ鈴と白妙さまのことがあるからだろう？」

「え？　私と白妙さまの……？」

律子の言葉に鈴が驚いていると。

「りっちゃん、まだ話すならたっくん先にお風呂に入れてこようかね」

通りがかりの客から声がかかる。拓真がうれしそうに、あーあーと言って彼女に手を伸ばした。いつも拓真を入れてくれている客だ。

「あ、……じゃあ、お願いします」

律子は躊躇することなく彼女に拓真と着替えを託して、また鈴に向き直る。そして、驚くべき言葉を口にした。

「あんた、白妙さまに嫁入りするんでしょう？　今、村はその噂でもちきりだよ」

「え……？　よ……嫁入り⁉」

思いがけない話に鈴は目を丸くして絶句する。いったいどこからそんな話が出てきたのか。

「だって、いぬがみ湯の女将をする大江家の娘は、白妙さまに嫁入りする決まりがあるって言い伝えがあるじゃないか」

「言い伝え？」

「そうだよ。まぁ古い言い伝えだし、半信半疑だったんだけど。鈴が女将になって、白妙さまが頻繁に姿を見せられるようになったんだもん。やっぱりそうだったんだってなるよね。……もしかして鈴、知らなかったの？」

心底意外そうな律子に、鈴はぶんぶんと首を縦に振った。

「そ、そんなのまったく知らなかった。……白妙さまも何もおっしゃっていないし。女将をするのは、おばあちゃんが倒れてから決めたことだから何も引き継ぎをしてないの。古い記録簿を読んだだけで……」

でもそういえば、記録簿の中身は判読できない部分もあったから半分くらいは読み飛ばした。あとで読もうと思っていたが、毎日忙しくてそのままになっている。その中に〝嫁〟という文字があったような……

「え？　でも白妙さまが、鈴を嫁にするって宣言なさったって聞いたけど」

律子の言葉に鈴は目を剥いた。

「え⁉　……いつ？」

「えーと、私が聞いたのは……女将さんが倒れてすぐのころ、白妙さまが鈴を連れて、これからは鈴が女将をするからよろしくって言ってまわったとかで……」

そういえばそんなことがあったなと鈴は思い出す。でも納得できなかった。だって。

「そ、それがどうしたの？　よ、嫁にするなんてひと言もおっしゃってないのに」

鈴が反論すると、律子がふーんと言って、何やら疑わしげな目で鈴を見た。

「でも手を繋いでたって聞いたけど」

「手……⁉　あ、あれは……！　そういう意味で繋いでいたわけじゃ……！」

あたふたとして鈴は言い訳のような言葉を口にする。

「だって相手は神さまだよ⁉」

「じゃあその神さまとどういう意味で手を繋ぐんだ？」

律子からの鋭い指摘にぐっと言葉につまり黙り込んだ。そこへ律子が追い討ちをかける。

「しかも〝これからは鈴が女将だからよろしく〟ってはっきりとおっしゃった。鈴ももう二十歳だからとかなんとかいう話にもなったとか……。それじゃあ、いぬがみ湯の嫁についての話を知る年寄りたちが色めき立つのも無理ないよ。さっきの酒屋のおじさんも、にやにやしてたじゃん」

たしかにそういう決まりがある中で、あの日の自分たちの様子を目の当たりにしたらそう思われても仕方がない。

「りっちゃんはどうして知ってるの？」

「小学生のころに少し噂になったんだよ。鈴のお家はそうなんだって。もちろん村出身の家の子の間だけだから、真由香とかは知らなかったけどね。鈴に確かめたい気持ちはあったけど、もうそのころには鈴とは遊ばなくなってたから……」

申し訳なさそうに律子は言った。

天河村の秘密についてあまり大きな声で言うことではないという雰囲気があって、大抵は親から子へと家庭の中で語り継がれる。もちろん子どものことだから、親から聞いた秘密を友達に話すこともあるだろう。だけど鈴には友達がいなかったから知らないままだったのだ。

そして祖母も鈴には何も伝えなかった。

「健太郎、ショックだったんだよ。決まりは知ってただろうけど、本当にそうなるとは思ってなかっただろうし。鈴が村に帰ってきたんだから、いよいよだって意気込んでただろうに……」

律子がため息をついている。その言葉の内容に鈴は首を傾げた。

「どうしてけんちゃんがショックを受けるの？　いよいよって……何が？」

するとと今度は律子が目を丸くする。そして呆れたように言う。

「何って……。だって健太郎は鈴のことが好きじゃんか」

「好き……え、ええ⁉」

思わず鈴は大きな声をあげてしまう。すぐに注目を集めていることに気がついて慌てて声を落とした。

「ちょっと、りっちゃん何言ってるの⁉」

律子が、ガクッと肩を落として深く長いため息をついた。

「つくづく鈴と遊ばなかった期間のことが悔やまれるよ。私がそばにいたらこんなに鈍い子には育たなかっただろうに」

「な……もう！　りっちゃん！」

鈴は頬を膨らませる。

「だってあんなにわかりやすく鈴、鈴ってくっついていたのに、まったく気がついていなかったなんて。……健太郎かわいそう。気持ちが伝わっていないうえに、嫁に行かれるんじゃ、そりゃ飲んだくれたくもなるよ」

「ででも、どっちも確かな話じゃないじゃない！　私が白妙さまに嫁入りするなんて話は少しも出てないんだから！」

心底呆れたという様子の律子に、鈴は頭から煙を出して反論する。

「でも私が見る限り、白妙さまはそのおつもりのようだけど……」

「ええ⁉　見る限りって、そのおつもりって……ど、どこが？」

またまた驚いて問いかけると、律子が、がくーと脱力してつぶやいた。

「だめだこりゃ。重症だ……」

「りっちゃん!!」

鈴のほうはほとんど泣きそうである。いっぺんに驚くことをたくさん言われたのだから。これらが本当ならば、このところ不思議に思っていたことのつじつまが合うようにも思えるが、なおさら困ってしまう。

嫁入りはおろか、恋愛だって鈴にとっては別の世界の話だ。

「私どうしたらいいの？　りっちゃん」

助けを求めると、律子はうーんと唸った。

「とにかく、鈴がどうしたいか、じゃないかな？　自分の気持ちがわからなくちゃ、どうすればいいかわからない」

「自分の気持ち……でもけんちゃんも白妙さまも本当にそうかわからないのに……」

そう言いかけてジロリと律子に睨まれて口を閉じる。律子が番台に身を乗り出した。

「健太郎と白妙さま、どっちが好きかを考えるんだ。どっちの嫁になりたいか」

「どっちが好きか……」

どっちも好きが正解だと鈴は思う。

小さなころからずっと見守られて鈴自身も心の拠り所にしていた白妙と、ずっと守ってくれた健太郎、どっちも大切だ。

鈴の考えてることなどお見通しだとでもいうように律子がつけ加える。

「言っとくけど特別な好きだよ。嫁になるんだから。そうだな……相手の姿を見るだけで胸がドキドキするんだ。顔が熱くなって、心がふわふわするっていうのかな。〝こっちを見てほしい。話をしたい〟って思うんだけど、いざ話してみるとテンパっちゃって何を話してるのかわからない」

「胸がドキドキ、心がふわふわ……」

鈴がつぶやくと、律子がぷっと吹き出した。

「まさか鈴と恋バナができる日がくるとはね！　女子トークと言えばこれだよね。他の子たちとはよくしたな、こういう話。……小学生のときだけど。くくく、ははは！」

「なっ……！　もうっ、りっちゃん！」

「とにかくよく考えて。結果はまた教えてよ。さ、私も行かなくちゃ。湯にしっかり浸からなきゃ、一日の疲れが取れないからね～！」

最後は歌うように言いながら、律子は大浴場へ歩いていく。

鈴は頭から煙を出しながらその後ろ姿を見送った。

『胸がドキドキ、心がふわふわ』という言葉が頭の中をぐるぐると回っていた。

閉店後のいぬがみ湯にて、たくさんあるガラス窓の戸締まりを確認しながら鈴は、律子との話を考え続けていた。嫁入りだとか白妙はそのつもりだとか、不確かな話はさておいて、健太郎のことについては考えるべきだと思ったからだ。

落ち着いてじっくり思い返してみれば、あながち間違いではないのかもしれない。……だからといって自分のほうはどうなのかと言われたら、まったく答えは出ない。

『そうそう、肝心なことを言い忘れてたよ。特別に好きっていう気持ちは、相手に触れたい、もっと触ってもらいたいって思うことなんだよ』

湯上がりに拓真を抱いた律子は、帰り際にふふふと意味深な笑みを浮かべてそうつけ加えた。

「触れたい……。もっと触れてもらいたい」

つぶやいて、あれこれと考えながらすべての窓の戸締まりの確認を終える。ロビーに戻った鈴は、番台の上におにぎりとコロッケがのったお盆が置いてあるのに気がついた。

父が持ってきたのだ。

いぬがみ湯を始めてから両親と直接会っていない。鈴がやっていることをよく思っていないのは確かだが、何か言われることもなかった。

でも父は時折、こうやって鈴がいないときを見計らって食べ物を持ってくる。たいていは母が作ったであろう夕食の残りだった。毎日仕事をこなすのに精一杯で自炊する余力のない鈴にとってはありがたい。しかしそれを見るたびに、自分は相変わらず未熟者なのだと思い知らされるようで憂うつな気分になった。しかも。

「また……お父さんってば」

お皿とお盆の間に挟み込んである封筒に目を留めて、鈴は眉を寄せた。

なんのへんてつもない茶封筒だが、その中にはお金が入っている。父は時々こうやって食事と一緒にお金を置いていく。鈴だってもう働いている、不要だからやめてと、メッセージを入れても無駄だった。

銭湯の仕事はそれほど身入りのいいものではない、鈴が使えるお金は少ないだろうと言うのだ。さすがはいぬがみ湯を実家とする父だった。銭湯経営がどういうものかを知っている。

それでも鈴には不要なお金だった。贅沢をしなければ、十分にやっていけるのだから。

鈴は封筒を手に取って玄関扉を見る。タイミングから考えて置いていったのはついさっきのはずだ。今から追いかければ間に合うかもしれない。

つっかけを履いて急いで庭へ出る。鳥居の下まで来て立ち止まった。街頭に照らされた橋から林造園へ下っていく道に人影はなかった。

遅かったかと鈴がため息をついたとき。

ガサリという音が聞こえてハッとする。登山口に視線を送ると、黄色いロープの向こう側に何かがいる気配がする。

目を凝らすと立派な角の鹿が、鈴をジッと見つめていた。立ち尽くす鈴に向かって口を開いた。

「いぬがみ湯の女将はどうした」

「え……？」

鹿に話しかけられるという状況に、頭がすぐについていけず鈴は返事をすることができない。するとの後ろからそれに答える声がした。

「佳代さまは、ご病気で療養中です。今はこちらの鈴さまが、代わりに女将を務められています。佳代さまのお孫さんにございます」

太郎だった。隣に次郎もちょこんと座っている。営業時間が終わり、石像となって眠っていたが、起きてくれたようだ。

鹿がフンと鼻を鳴らした。

「佳代の孫にしては、随分と頼りなさそうな娘だな。こんな若い娘に神々のおもてなしができるのか？」

「失礼な！　鈴さまは、従業員のあやかしたちにも慕われておいでです！」

憤慨して次郎が言い返す。鈴は慌てて口を開いた。

「い、至らないところもあるかと存じますが、よろしくお願いいたします」

また鹿がフンと鼻を鳴らした。

「相変わらず、うるさい番頭どもだ。猿のくせに」

「な、なんだとぉ～！」

「そ、それよりも、神さまのお宿のご予約ですね？」

数分も経たないうちに険悪なムードになる両者に、鈴は割って入るように確認をする。いよいよこのときが来たのだと緊張が走った。

銭湯よりもこっちのほうが重要だという佐藤の言葉が頭に浮かぶ。どんな神さまなのだろう。きちんとおもてなしできるだろうか。

鈴からの問いかけに鹿が答えた。

「うむ、そうだった。明後日、石長姫《いわながひめ》さまと、橋姫《はしひめ》さまがお越しになられる。しっかりとおもてなしするように」

「石長姫さまと橋姫さま……お二方なのですか？」

意外な気持ちで鈴は聞き返す。神さま方はてっきりひとりずつ来るものだと思っていたからだ。鈴の疑問に答えたのは太郎だった。

「お二方はお友達なのでございます。たいていは予定を合わせて、ご一緒に来られるんですよ」

「お友達……」

鹿が馬鹿にしたようにまた鼻を鳴らした。

「このような田舎にわざわざおいでくださるのだ。絶対に粗相のないようにな！」

横柄な態度でそう言って山へ帰っていった。

「相変わらずえらそうな奴らだ。あくまで神さまの遣いだということを忘れている」

「鹿のくせに。せんべいが好物のくせに」

太郎と次郎が舌を出して悪態をついている。その隣で鈴は真っ暗な登山口を見つめていた。

とりあえず、銭湯の女将としてはまずまずのスタートを切れたはずだ。

いよいよ次の試練だ。頭ではわかっていたつもりでも、実際に神さまの遣いがきて「粗相のないように」と言われたら、不安に押しつぶされそうだった。よりによって初めての神さまがふたりだなんて。少し前の鈴だったら逃げ出したいと思っただろう。

……でも、今の鈴は。

「やってみなくちゃわからない」

つぶやいて、拳をギュッと握りしめた。

「いやーそれにしても、ありがとうね、鈴ちゃん。宿をやる決心をしてくれて本当に助かったよ。佳代さんも喜んでいるだろう」

佐藤が心底安心したように言う。その言葉に鈴は頷いた。

「やれるだけやってみます」

予約が入ってから二日後、鈴は緊張した面持ちで、いぬがみ湯の玄関に立っている。今日の宿泊客を出迎えるためである。ふたりに挨拶をするためにやってきた佐藤と、白妙も一緒だった。

神さま方は空気の清い午前中にやってくるのが決まりだという。

「町長さん、おばあちゃんのところへお見舞いに行ってくださっているんですね。ありがとうございます」

鈴はそう言って彼に頭を下げた。

一週間に一度しか行けない鈴とは違って、彼は数日に一度は病室へ顔を出すのだという。両親と同じくらいの頻度だ。

「いやいや、私はただ佳代さんに会いたいだけだから。鈴ちゃんがしっかりやっていることも報告しないといけないからね」

「ありがとうございます」

言いながら鈴の胸に温かな気持ちが広がった。

両親も祖母に会いに行ってはいるけれど、いぬがみ湯の話はしていないだろう。意識はなくとも、祖母が大切にしていた場所は大丈夫だと伝えてくれている人がいるのがうれしかった。

「それにしても、白妙さまがこうして神さま方をお出迎えされるのは珍しいですなぁ」

普段、白妙は出迎えはしないのだという。当たり前といえば当たり前。彼自身が神さまなのだから、おもてなしするという行為はふさわしくないからだ。記録簿にも、他の神さまがいらっしゃっているからといって白妙さまを蔑ろにすることはあってはならないと書かれていた。

「これも鈴ちゃん効果かな？」

そう言って佐藤が含みのある表情で鈴を見る。鈴の頬が熱くなった。

おそらくは彼も白妙の嫁入りについての噂を聞いたのだ。いや、そもそも町長なのだから、噂以前に知っていたのかもしれないが。

一方で鈴は、その噂について聞かされてから二日経った今も、白妙に事実を確認できていない。記録簿から関係ありそうな箇所を読み解いてみるくらいだった。

それによると。

神社から銭湯へ商売替えをすることに快く了承してくれた白妙に、当時の神主は、これから生まれてくる大江家の娘は、白妙の嫁にすると約束したのだという。律子の言った通りだった。

鈴の気持ちは複雑だった。この場所で白妙とずっと一緒にいられるならそうなりたいと思ったからだ。でも肝心の白妙の真意がわからない限りどうすることもできないのがつらかった。鈴は彼からそれらしいことを少しも聞いていない。

「今日は鈴の宿の女将としての第一日目だからね。見逃すわけにはいかないだろう」

白妙が機嫌よく言って、目を細めて鈴を見る。そしていきなり腕をぐいっと引いて腕の中に閉じ込めた。

「それにしても今日の鈴はぴかぴかだなぁ。うーん、なんて心地いいんだろう！」

「え？　ぴ、ぴかぴかって……。わ、わかりますか？」

目を白黒させながら鈴は答えた。

今朝鈴は早く起きて、二階の掃除をいつもより入念にした。そのあと、自分も禊《みそぎ》の代わりに浴室で水浴びをしたのだ。記録簿に記載はなかったけれど、神さまをお迎えするならば清い身体でいたほうがいいかもしれないと思ったからだ。

服装自体はいつもと変わらず木綿の着物なのだが、白妙も神さまだから鈴が禊《みそぎ》をしたのがわかるのだ。

「もちろんわかるよ。うーん心地いい！」

鈴の頭にすりすりとして白妙は上機嫌である。それを見る佐藤のニヤニヤを鈴は直視できなかった。

「し、しろさま……！」

彼の香りに包まれて身体は熱く、胸はこれ以上ないくらいにドキドキしている。特別に好きとはどういうことなのかを話したときの律子の言葉が頭に浮かんだ。

もしかして……という気持ちが鈴の中に芽生え始めている。見た目はかつて苦手だと思っていた美しくてイケメンの白妙に、こうして触れられるのを戸惑ってはいるもののまったく嫌だと感じていない。それどころか……

「あ、あの、白妙さま！」

佐藤の目を気にして鈴は彼から逃れようと試みる。が、あまりうまくいかなかった。

そんなふたりを前にして、佐藤がうーんと唸った。

「羨ましい!! 私も今度こそはと思っているよ！ 鈴ちゃん、今日お越しいただく神さまが、どんな神さまか知ってるかい？」

尋ねられて鈴は頷いた。

「どちらも縁結びの神さまです」

鈴は読書好きが高じて、短大では国文科を専攻していた。特に日本書紀や古事記、平家物語といった古い記録や物語に興味を持ち、短大時代はよく読んだ。

石長姫は『古事記』に、橋姫は『平家物語』に記述がある。

正確に言うと橋姫は、丑の刻参りで知られる縁切りの神さまだが、悪き縁を切り良縁を結ぶご利益があるとされている。だから最終的には同じだと言えるだろう。

就職活動ではまったく役に立たなかった知識だが、実際に働き始めたらさっそく役に立つなんて不思議だった。

「そう！　縁結びの神さまなんだ！　んふふ、えへへ。佳代さんとのことをお願いしようと思ってね」

佐藤が言ってニマニマしている。それを白妙が嫌そうに見た。

「気持ち悪いなぁ。だいたい色恋ごとはいいけれど、神頼みなんて情けなさすぎやしないか」

そして、腕の中に閉じ込めたままの鈴にまた頬ずりをした。

「正々堂々としなければ、相手に嫌われてしまうよ」

「そりゃあ、白妙さまは元々神さまなのですから、神頼みなんてしないでしょうけど」

佐藤がそう反論しかけたとき。

「こんにちはー！　来ましたよー！　佳代さーん！」

やたらと明るい声がして口を閉じる。

黄色いロープを外して、念のため草引きもした登山口から、女性がふたり下りてきた。

鈴にとっての初めてのお客さま、石長姫と橋姫だ。

「佳代さん、心配だな。会えるのを楽しみにしてたのに」

赤い巻き毛に、胸元が開いたロングドレスにファーのストールを羽織ったド派手な美女が、浮かない顔でつぶやく。

橋姫である。鈴とは一生縁のなさそうなそのビジュアルに度肝を抜かれるが、祖母を心配する様子はとても優しげだ。

「明日、お見舞いに行かなくちゃいけないわね」

しんみりと言ったのは、隣に座る石長姫だった。

ゴージャスでセクシーな見た目の橋姫とは対照的に、彼女はショートボブの黒い髪に眼鏡をかけてキチンとしたスーツを着た、真面目なOLといったいでたちだ。こちらも神さまらしくはないが、鈴としては安心できるビジュアルだ。

「ありがとうございます」

鈴は頭を下げて、ふたりの前に熱いお茶を並べた。

ふたりを出迎えたあと、白妙はもう少し寝ると言って大浴場へ去っていった。鈴は佐藤とふたりで、彼女たちを二階の客室へ案内したところである。

それにしても着いて早々、暗い話になってしまったのが申し訳ない。

「私では至らないところもあるかと存じますが、ゆるりとお過ごしいただけますよう精一杯努めさせていただきます」

鈴の隣で佐藤が口を開いた。

「町としても姫さま方を歓迎いたします。そうそう。前回いらしていただいたあと、町では成婚率が爆上がり、皆幸せに過ごしております。都会で出会ったよくない男となかなか別れられなかった例の娘も、橋姫さまのお陰ですっぱりと手を切り、良縁に恵まれまして」

佐藤の話をふたりはうれしそうに聞いている。見た目はそれぞれ神さまらしくないかなり個性的な感じだが、やっぱりそこは本物なのだと、鈴は密かに感動していた。

考えてみれば、学生時代に古い文学を読み漁っていた鈴にとって、そこに登場する神さまにこうやって直に会えるなんて、夢のような話なのだ。

石長姫と橋姫が神さまになるまでの壮大な物語に、鈴は思いを馳せる。

「今も町には良縁を望む者、悪しき縁を断ち切りたい者がおりまして、神さま方のお力添えをいただきたく存じます。かくいう私も今回はお願いしたいことがございまして……」

頬を染めて佐藤が言う。それを橋姫が遮った。

「佳代さんでしょう」

「……え？」

「佳代さんね」

石長姫も言い切った。

図星を指されて佐藤が目を白黒させている。

「え、どどどどうしておわかりに……？」

「そりゃ見てりゃわかるわよ」

橋姫が肩をすくめた。

「あなた毎回私たちに挨拶しに来てるのか、佳代さんに会いたくて来てるのかわからないくらいだったわよ？　まぁ気持ちはわかるけどね。佳代さん綺麗だし？　竹を割ったような性格が、女から見ても気持ちいいし」

「そそそそんなことは……！」

不純な動機で神々に挨拶しに来ていたと、当の神さまに指摘され、佐藤があわあわ言う。そこへ石長姫が畳みかけた。

「でも相手の意識がないうちに縁を結んでしまうなんて、私はどうかと思います。卑怯……とまでは言いませんが、私はあまり好きなやり方ではありません」

眼鏡の端を持ち上げて正論で彼を責める。その視線には明らかに侮蔑の色が浮かんでいる。

「そ……そうですね……。申し訳ありませんでした。……では私はこれで」

佐藤ががくっと肩を落とす。そして、すごすごと部屋を出ていった。

「もう、がんちゃんったら、相変わらず頭が堅いんだから。恋は弱肉強食、先手必勝よ？　肉食系男子、オレ様って言葉が流行《はや》ってるくらいなんだから。ちょっとのルール違反くらいいいんじゃない？　佳代さんなら目覚めて気に入らなければ、私のところに縁切りに来るだろうし」

橋姫が気楽に言う。がんちゃんと呼ばれた石長姫が眉を寄せた。

「はっしー、いつものことだけれどあなたの考え方には同意できないわ。私はせっかく結んだ縁ならば生涯添い遂げてほしいのよ。嫌なら切ればいいなんて、簡単に言わないでちょうだい」

はっしーと呼ばれた橋姫が反論した。

「古い古い古すぎる！　がんちゃん、そんなんじゃ若者の願いごとについていけないよ？　今どきなんて、なんだったっけ……あの、ネット？　アプリ？　んーとにかく、まだ会ったこともないのに、つき合っちゃう子たちもいるくらいなんだから。でしょ？」

橋姫がそう言って鈴に同意を求める。

「え⁉　えーと、私にはちょっと……」

急に話を向けられて戸惑いながら鈴は首を傾げた。正直いってまったく見当もつかない分野だ。

「嘆かわしいわね！　少し前に流行《はや》ってた合コンとやらのほうがまだマシだった。相手の顔を見て話をしてから決めるんだから。そう思わない？」

石長姫が憤慨しながら問いかける。鈴はまた返事に窮してしまう。

「えーと、合コンにも私行ったことがないので……なんとも……」

ふたりの言い合いは続く。

「そうでもしないと出会えないんだって、今の時代。手段は選ばないってことでしょ？　逆にタフじゃない」

「でもそんなんじゃ、この国の離婚率は上がる一方だわ。生涯添い遂げるって約束するから夫婦になるはずなのに」

「だからがんちゃん、その考え方がさー」

そこで鈴は思わず吹き出してしまう。見た目も考え方も正反対のふたりのやり取りがなんだかコントみたいでおかしかった。

ふたりが会話をやめて鈴を見た。

「す、すみません……」

鈴は慌てて笑いを引っ込めた。お客さまを、ましてや神さまを笑うなんて大失態だ。

「あなた、可愛い！」

橋姫が声をあげた。

「うん、いい笑顔」

石長姫にも褒められて鈴は真っ赤になった。

「え？　そ、そんなことは……！」

「本当よ。こんなふうに邪気なく笑う子、久しぶり。心が洗われるようだわー。佳代さんの代わりだというのも納得ね。ね？　がんちゃん」

橋姫が同意を求めると、石長姫が頷いた。そして鈴を綺麗な瞳でジッと見た。

「人は目的なく笑うことを忘れつつあります。相手に気に入られようとか、その場を取り繕おうとか、そういう理由で笑うことも多いのです。それも人の世には必要なのかも知れませんが、私どもには不要です。不快だと言ってもいい。……だからこそあなたの笑顔は私たちにとって清く尊いものなのです。大切にしてください」

「あ……ありがとうございます！」

感動で涙ぐみそうになるのを堪えて、鈴はふたりに頭を下げた。

以前白妙にも同じようなことを言われた。鈴の笑顔は特別だと。

あのときは人の世でうまくやっていけないなら意味がないと思ったけれど、こうやって泊まりに来た神さまに心が洗われるようだと言ってもらえるなら、それでいい。

「それでは、ご夕食までゆるりとお過ごしくださいませ」

鈴は言って畳に三つ指をつく。そして部屋の外に出て障子を閉めかけたとき、橋姫の言葉が耳に飛び込んできた。

「ふふふ、佳代さんのことは心配だけど、案外いい滞在になりそうね、がんちゃん。白妙の顔も見られたし」

その言葉に鈴の胸がこつんと鳴る。そのままそっと障子を閉めた。

橋姫の白妙についての言葉にひっかかりを覚えた鈴だけれど、初めての宿泊客を迎えたにしては概ね順調な滑り出しだと思っていた。でも、そうではなかったのだ。


トラブルは昼過ぎに起きた。

高倉の仕出し屋から電話がかかってきた。今夜石長姫と橋姫のために懐石料理を頼んでいたのだが、準備できそうにないというのだ。注文を受けたアルバイト店員が厨房に伝えるのを忘れていて、ついさっきメモが出てきて慌てて連絡してきたらしい。

神さまたちに食事は必要ないと記録簿にはあった。しかし、今日来たふたりに関しては毎回ゆるりと過ごすだけでなく、いわゆる女子会のように酒盛りをするから、食事とお酒を用意するべしと祖母の字で書き足してあったのだ。

料理については神さまが食べる物だから、黒米の粥《かゆ》や蘇《そ》など特別な食材でなくてはならない。高倉の仕出し屋に頼めとあり、鈴はそれに従って予約してあったのだ。

「ご注文のお料理は特殊な食材ばかりですから、今からでは間に合いません」

そう言われてはどうしようもない。今夜だけは料理はなしで、酒だけで我慢してもらうしかないと鈴が肩を落としたとき。

「こんにちはー！　鈴〜、いる？」

まだ暖簾《のれん》をかけていない玄関の扉がガラガラと開く。律子だった。拓真は誰かに預けてきたのか珍しくひとりだ。

「りっちゃん、今日は休み？」

「そう、だからこれを持ってきたんだよ」

そう言って手に持っている風呂敷につつまれたお弁当を番台に置いた。

「差し入れ。うちのお母さんが作った奴だけど。よかったら夜食にしてよ」

「わ、ありがとう」

赤暖簾《あかのれん》の料理は家庭料理ばかりで、だからこそ毎日食べても飽きないと町の人たちに評判だ。町を出た人の中には、赤暖簾《あかのれん》の料理を故郷の味と言う人もいるくらいだった。

「いつも世話になってるからお母さんが持ってけって……鈴どうかした？」

受け取ったお弁当をジッと見つめて考えこむ鈴に、律子が首を傾げている。

鈴は顔を上げて律子を見た。

「りっちゃん、お願いがあるんだけど！」


日が暮れたいぬがみ湯にて、鈴は大きなお盆を手に階段を上っている。緊張で胸がドキドキしていた。お盆の上には、今夜ふたりに出す食事が温かいまま並んでいる。

もちろん、高倉の仕出し屋が作ったものではない。

律子に頼んで赤暖簾《あかのれん》で用意してもらったものだった。赤暖簾《あかのれん》の女将は、鈴からの急な頼みに快く応じてくれた。

「いつも娘と孫がお世話になってるんだもの、お礼しなくちゃと思ってたのよ」

メニューは神さま用とはいかないが、赤暖簾《あかのれん》でどれも客たちに評判のものばかりだった。

「失礼します」

廊下に一旦お盆を置いて声をかけてから鈴は中に入る。食事前に湯に浸かったふたりは、浴衣姿で座卓の前に座り待っていた。すぐにお盆の上のものに気がついて、石長姫が首を傾げた。

「あら？　いつもと違うわね？」

その言葉に、鈴は平伏した。

「はい、申し訳ございません。実は手違いで、いつものお料理が用意できませんでした。代わりと言っては申し訳ありませんが、村で評判のお店で心尽くしのお料理をご用意させていただき――」

「いいにおーい！　ねぇ、早く食べたい。お腹ぺこぺこなんだ」

最後まで言い終わらないうちに、橋姫が目を輝かせた。

「あ、い、今すぐ……！」

慌てて鈴は座卓にお皿を並べていく。

小松菜と油揚げの煮浸し、天河村特産の豆腐を使った冷や奴、天河村特産のわさびをふんだんに使ったタコワサ、ヤマメの塩焼き……どれもこれも、律子の母親が心を込めて準備してくれたものだった。

「いっただっきまーす！」

「いただきます」

意気揚々《いきようよう》と手を合わせて、ふたりは料理を次々と平らげていく。特に天ぷらがお気に入りのようだった。

「何これ、新感覚。いくらでもいけちゃうわね」

「ほんとね。美味しい」

揚げ物は珍しいのだろう。神さま用の料理ではなくとも村人からの心尽しならば、もしかしたら受け入れてくれるかもしれないと思ったが、受け入れるどころか喜んでもらえて鈴は大きく安堵した。

「ふー美味しかった！　佳代さんのときのきっちりとした隙のないお料理もよかったけど、こういうのもいいね！　明日もこれがいいな」

すべての料理を平らげて、橋姫が満足そうに言う。

「ふふふ、そうね。新しいものを知るのはうれしいわ」

カルーアミルクの入ったグラスをくるくる回して、石長姫がほろ酔いで答えた。

お酒に関しては、神酒を準備すべしと記録簿には書いてあり、もちろん鈴はそうしていた。だが、赤暖簾《あかのれん》の女将が準備してくれたカクテルを試しに並べてみたところ、ふたりとも嬉々として選びだしたのだ。すっかり気に入ってしまったようで、お神酒の出番はなさそうだ。

「あとは適当にやるから、鈴ちゃんもう下がっていいよ」

ウォッカグラスに琥珀色の液体を継ぎ足して、上機嫌で橋姫が言う。飲み明かすような勢いだ。ふたりとも普段は自分の神社にいて、お詣りにくる人たちの願いを叶えるのに大忙しなのだ。たまの休暇はハメを外したいのだろう。

「かしこまりました、ではごゆっくり」

鈴は素直に下がろうとする。それを橋姫が呼び止めた。

「あ、そうだ。ちょっと待って、鈴ちゃん」

「はい」

「しろって今夜どこにいるか知ってる？」

予想外の質問に、鈴はそのまま固まった。

しろ、とは白妙のことだろうか？

石長姫がため息をついた。少し乱れた浴衣の合わせから豊満な胸元をチラ見せして言う。鈴の胸がズキンと鳴った。

「はっし ー……。ほんっと諦めが悪いのね。あなた毎年撃沈しているのに」

「あらでも、今年はわからないわ。何せ出迎えてくれたじゃない？　もしかしたらそのつもりなのかも……」

橋姫がふふふと微笑んだ。

「……白妙さまのことですか？」

恐る恐る尋ねると、ふたりは頷いた。

「この子、ここへ来たときは、必ず白妙に夜這いをかけるのよ。ことごとく失敗してるんだけど」

呆れたように言う石長姫に、橋姫が頬を膨らませた。

「私みたいな美女を袖にするなんて許せない」

「夜這い……」

鈴はつぶやいた。

「そう。ワンナイトラブよ！　あれだけの美男子、神さまにもそうそういないもの。お相手願いたいって子はたくさんいるんだけど、とにかくここは田舎だし、しろはなかなか集まりに顔を出さないから、チャンスが少ないのよね。だからここにいるときは……。でもいつも夜はどこかへ行っていないのよね。どこにいるか知らない？」

尋ねられて、鈴は慌ててぶんぶんと首を横に振る。

「そう。……でも今夜こそ、捜し出してみせるわよ」

「で、では、失礼します」

頭を下げて鈴は逃げるように部屋をあとにした。それが精一杯だった。


その夜。番台裏の和室へ続くガラス戸を開けた鈴は、いつものように白妙がそこにいるのを見てホッと息を吐いた。

「お疲れだったね、鈴」

「はい、しろさま」

答えてすぐに布団の中に潜りこむ。白いもふもふに顔を埋めて目を閉じると、胸に複雑な思いが広がった。

白妙を狙っている神さまたちがいる。

鈴にとっては思ってもみなかった話だった。でも考えてみれば当然といえば当然だ。彼ほど美しく気高い白狼を鈴は知らない。それは神さまたちだってそうだろう。

美しく豊満な身体の橋姫が、白妙にしな垂れかかる姿が頭に浮かび、鈴の胸がズキンと痛む。今までは応じなかったからといって、今夜もそうとは限らない。そしてこれからも。たとえば今夜、鈴が寝たあとに……

「鈴、どうかしたのか？」

いつもより強くしがみついている鈴に白妙が首を傾げた。

「……いえ、何も」

「疲れたんだな、今日はよくやった。宿のほうもうまくいきそうだ」

いつもいつも優しい言葉をかけてくれる、その声音と温もりに鈴の胸が切なくなった。これが他の人に向けられるのは耐えられないという我儘《わがまま》な思いでいっぱいになる。

同時に、彼が自分に向ける優しさが何から来るものなのか知りたいと、もうひとりの自分が言った。親が子を見守るようなものなのか。それとも……

「鈴？」

「大丈夫です。……でもしろさま。あの、お願いがあります」

意を決して鈴は言う。自分の気持ちはまだはっきりしていない。けれどこれだけは確かだった。

「ん？　なんだ？」

「今夜はずっとここにいてください。……どこへも行かないで。朝になって、たろちゃんに叱られたら私が説明しますから」

今夜、彼に誰のところへも行ってほしくない。

「わかった、ゆっくりおやすみ」

その言葉に、ホッと息を吐いて鈴は眠りに落ちていった。


次の日も、その次の日も鈴は朝まで一緒にいてほしいと白妙にお願いした。彼はそれを快く受け入れてくれて、とりあえず安心したけれど、同時に罪悪感で胸がいっぱいだった。

そして石長姫と橋姫の滞在最終日が明日に迫った三日目の昼。

「ねぇ、しろ。あなた毎晩どこにいるのよ」

拗ねたような橋姫の声が聞こえて、洗濯物を干そうと裏庭へ向かっていた鈴はハッとして足を止めた。

「大浴場で寝てるんじゃないの？　佳代さんはそう言ってたけど」

「さあな、……どこでもよいではないか」

白妙が面倒臭そうに曖昧に答える。鈴の鼓動がスピードを上げた。鈴が知る限り、ふたりが直接話をしているのは初めてだ。

「じゃあ、今夜は？」

「特には決めていない」

はぐらかすような彼の言葉に、橋姫が不満そうにする。

「ねえ、どうして最近そんなに頑なの？　以前はもっと気軽に遊んでたんでしょう？　何人もあなたと遊んだって娘、知ってるわよ」

鈴はくるりと方向転換して、建物の中に引き返した。胸に手を当てて目を閉じる。

橋姫の言葉が心に刺さり苦しくてつらかった。白妙は皆に慕われる神さまで、鈴だけのものではない。ひとり占めなどできるはずがない。そんな当たり前のことに、どうしてこんなにも胸が痛むのだろう。頭と心がバラバラになってしまいそうだ。

「誰かを愛おしく思う気持ちは、時に喜び以上に苦痛がともなうものなのです」

声をかけられて目を開けると、そこには石長姫が立っていた。鈴の胸の内を見透かすような目でこちらを見つめている。

「不安、独占欲、嫉妬……そして、憎悪。それらから逃れることはできません」

「不安……嫉妬」

つぶやいて鈴は首を横に振る。

「い、嫌です、こんな気持ち……」

怖かった。ただ白妙を慕い、穏やかな気持ちでいられたらそれだけでよかったのに。変わっていく自分も、それを白妙に知られてしまうことも怖くてたまらない。

「い、今まで通りでいいのに……。石長姫さま、どうしたらこの気持ちを元に戻すことができますか？」

すがるように鈴は言う。石長姫がゆっくりと首を横に振った。

「それはできません。その気持ちは、ままならないものなのです。だから人は皆、私たちのところへ頼みに来るのでしょう」

「ままならない……。そんな……！」

「悩み苦しみ、私のところへ来た者に、私は知恵を授けます。そうですね……あなたには、その気持ちを自分のものとして認めることをすすめましょう。抗わないで、ご自身の気持ちに素直に従えば解決の糸口は見つかるはず」

「自分の気持ちに素直に従えば……」

石長姫の言葉を鈴が繰り返したとき。

「鈴、いるか？」

ガラガラと玄関扉が開く音と、誰かが呼ぶ声がする。鈴はハッとして、そちらに視線を送ってから石長姫に頭を下げた。

「あの……すみません。人が来たので失礼します」

自分の気持ちに素直になれば……玄関へ向かう廊下を歩きながら、彼女の言葉を頭の中で考えた。

玄関に来ていたのは健太郎だった。会うのは庭の手入れをしてもらったあの日以来だった。

「鈴、今すぐに来てくれ」

玄関で彼を迎えた鈴に、彼は唐突に言う。

「けんちゃん、え？　……どうしたの？」

「おじさんとおばさんが……」

その言葉に鈴は眉を寄せる。おじさんとおばさんとは鈴の両親のことだろう。

「お父さんとお母さんが、どうかしたの？」

「鈴の家だ、とにかく来てくれ！」

ただならぬ様子の健太郎にそれ以上聞くことができなくて、太郎と次郎に宿を任せて、鈴は玄関を飛び出した。

久しぶりに訪れた実家では健太郎の言う通り両親が揃ってダイニングテーブルに座って待っていた。平日だというのに、いったい何があったというのだろう。

「健太郎くん、鈴を呼んできてくれてありがとう。鈴、座ってちょうだい。話を始めましょう」

母が気持ち悪いくらいに上機嫌なのもなんだか不気味だ。隣で父が居心地悪そうに鈴を見ていた。両親と向かい合わせに鈴と健太郎が並んで座ると、母がにっこりとして口を開いた。

「鈴、あなた健太郎くんと結婚しなさい」

「え……？　けっ……こん？」

なんの脈略もない母の言葉に鈴は掠れた声を漏らす。

「そう。健太郎くんが、鈴と結婚してもいいって言ってくれたのよ。ありがたいわねぇ」

「け、けんちゃん……？　どういうこと？」

あまりに唐突すぎて頭がついていかない鈴は、助けを求めるように健太郎を見る。

健太郎が、真剣な眼差しで鈴を見た。

「鈴、俺の気持ちは知ってるだろう？　小さいころからずっと一緒にいたんだから。鈴だってそのつもりだったはずだ。鈴は働き始めて、俺も実家を継ぐことになっている。結婚のタイミングとしては今が一番いい。だからご両親に先に了承を得ておいた」

いつもの彼らしくない一方的な告白に、鈴は目を見開いた。

「そんな……そんな、いきなり……。それに私、そんなつもりじゃなかったのに、けんちゃん……」

母が鈴の言葉を遮った。

「ありがたいじゃない、鈴。あなたみたいな子をもらってくれるって言うんだもの、これ以上ないくらいもったいない話だわ。銭湯に失敗しても、就職できなくても、結婚していれば安心よ」

「し、失敗なんかしないわ！　お母さんは黙ってて！」

かっとなって鈴は叫んだ。何も知らないくせに適当なことを言う母に腹が立った。

「私、結婚なんてしない！」

言い切って、ガタンと音を立てて立ち上がる。そのまま家を飛び出した。

母に対する悔しさと怒り、健太郎に対する悲しさでどうにかなりそうな気持ちを抱えながら早足でいぬがみ湯までの道を歩く。

「鈴！　待ってくれ！」

郵便局のところまで来たとき、追いかけてきた健太郎に呼び止められた。

「けんちゃん……」

鈴は足を止めて振り返った。

彼に対しては申し訳ない気持ちでいっぱいだった。律子から見てもわかるくらい、彼は態度で表していたという話だから、気がつかなかった鈴が悪いのだろう。

「鈴、……どうしてダメなんだ？　ずっとそばにいたじゃないか。ずっと守ってやったのに」

切実な彼の問いかけに、鈴の胸は締めつけられる。愛おしさと苦悩は表裏一体だという石長姫の言葉が頭に浮かんだ。

ついさっき鈴が白妙に抱いたばかりの切ない思い。健太郎はそれを自分に向けている。彼の気持ちがわかりすぎるくらいわかるからつらかった。

「けんちゃん……。私、けんちゃんのことは好きだけど、そういう好きじゃないの。ごめんなさい、……けんちゃんとは結婚できません」

「嫌だ、鈴！　そんなの絶対に許さない。鈴は誰にも渡さない！」

健太郎が頭を振る。

いつもの健太郎らしくない言葉と態度に、鈴の背中をぞくりと何かが駆け抜けた。自分を見つめる彼の目が不吉な色で濁っている、気のせいだろうか？

「鈴、鈴は俺のものなんだ。ほら、こっちへおいで、俺が何からも守ってやる」

手を伸ばして近づく健太郎が怖くて、鈴はその場から動けなくなってしまう。本能的に逃げなくてはと思うのに、どうしても足が動かない。

「けんちゃん、わ、私……」

ブンブンと首を横に振り拒否の気持ちを示すけれど、健太郎は止まらない。一歩一歩、距離をつめる。

「鈴」

ついに健太郎が鈴のすぐそばまで来て両肩をガシッと掴む。その感覚に、鈴の背中がぞわりとした。

「い、いやっ……！」

――そのとき。

「鈴に触るな」

腹にずんと響く威厳のある声がして、ふたりの間に強い風が吹く。

「つっ……！」

ぐいっと強い力で鈴は健太郎から引き離される。思わず目を閉じて、次に開けたときは白妙の腕の中だった。

「しろさま!!」

鈴は必死で浴衣の胸にしがみつく。彼の香りに包まれて少しだけ安堵する。

一方で白妙を包む空気は普段とはまったく違っていた。いつもの穏やかで優しげな彼はどこにもいない。銀髪が風になびき、怒りに満ちた顔つきで健太郎を睨んでいる。

目尻も赤く染まっている。

「健太郎、これはいったいどういうことだ。鈴の嫌がることはしてはならぬと私はお前に言ったはずだ」

重くて厳しい声音で健太郎を問いただす。この地を支配する地主神にこんなことを言われたらどんな者も震えあがらずにはいられない。

でも今の健太郎は少し様子が違っている。まったく怯む素振りがない。

「鈴は俺のものだ！　お前があとから邪魔したんだ！」

憎しみに満ちた目で白妙を睨み罵る。その姿に鈴は目を見開いた。鈴に対してならいざ知らず、白妙にまでこのような口をきくなんて、どう考えても異常だった。

「けんちゃん……」

白妙が赤く縁取られた目を細めた。

「悪き力に囚われている」

「悪き力……？」

鈴を片腕にしっかりと抱いたまま、白妙が健太郎に手をかざし祝詞《のりと》のようなものを唱え出す。翡翠《ひすい》色の光が彼を包んだ。

「ぐあああ！　やめろおー！」

健太郎が天に向けて雄叫びをあげる。大きく開いた口から蛇に似た黒い影が飛び出した。白妙はすかさずその影に手をかざし、また祝詞《のりと》を唱える。影はシューと耳を塞ぎたくなるような音を立て、溶けてなくなった。

吹き荒れていた風が止み、健太郎がその場に倒れると、どこからともなく現れたちゃちゃが寄り添った。

「けんちゃん……！」

「大丈夫、気を失っているだけだ。あとはちゃちゃに任せよう」

鈴を腕に抱いたまま白妙が飛び上がり、あっというまにいぬがみ湯の庭に降り立った。地に足が着くと同時に白妙が鈴を強く抱きしめる。鈴も彼にしがみついた。

「しろさま……！」

自分を包みこむ力強さに鈴はようやく心の底から安堵する。涙が溢れて止まらなかった。

「おそらく野のあやかしだろう。人の心の隙に入りこむ。私が鈴から目を離したせいだ。怖い思いをさせてすまなかった」

「しろさまのせいじゃありません……！」

しがみつき頭を振って鈴は言う。

頭の中がぐちゃぐちゃだった。

もちろん怖かった。健太郎から感じる、得体の知れない邪《よこしま》な気配に、危うく捕まるところだった。あのまま白妙が助けにきてくれなかったら自分はどうなっていたのだろう。

でもそれよりも鈴を苦しめているのは、健太郎に心の隙を作らせてしまったこと。彼の気持ちに応えられなかったことだった。ずっとずっと思っていてくれたのに……！

健太郎と一緒になれば、きっと両親は安心しただろう。すべてが丸く収まったのではないだろうか。

だけど、それはどうしてもできなかった。

——この気持ちはままならぬもの。

石長姫の言った通りだった。鈴が恋しく思うのは、ともに在りたいと願うのは、近くにありはするけれど手が届くかもわからない、不確かなこの温もりだけなのだ。

「しろさま、しろさま……！」

「もう心配はない。……大丈夫だ」

彼の胸に顔を埋めて、ようやく鈴は彼への思いを自覚する。遅い初恋だった。

「あー楽しかった！　今年もゆっくりできたね、がんちゃん」

「そうね。お世話になったわ、ありがとう鈴さん」

チュンチュンと小鳥が鳴く清々しい朝の庭で、荷造りを終えた大きな鞄を持った橋姫と石長姫が並んでいる。滞在を終えて帰るところだ。

「いつもとはちょっと違うところが、新鮮でうれしかったな」

橋姫の言葉がうれしかった。

結局ふたりは赤暖簾《あかのれん》の料理とお酒を気に入り、滞在中ずっとリクエストした。そしてそんなふたりを見て、鈴はいつものおもてなしに自分なりのものをプラスすることにしたのだ。ヘアケアやスキンケアといった、アメニティを揃えたり、商店街のお菓子屋に頼んで三時のおやつを差し入れたり。

「ふふふ、さらにお気に入りの宿になっちゃった。鈴ちゃんほど気がきく女将はいないわ」

手放しで褒める橋姫に鈴は頬を染めた。

「私は何も。村の人たちが快く協力してくれたおかげです。皆おふたりを心から歓迎していたんです」

アメニティに関してはプロである律子が選んだし、おやつは菓子屋が腕によりをかけて作った。鈴はアイデアを出しただけだ。

「でもそれはあなたの頼みだったからでもあるでしょう？　目を覚ましたら佳代さんは喜ぶでしょうね。鈴さんが立派にやられてて」

石長姫の言葉もうれしかった。

「決まりとは違うことをたくさんしましたから、もしかしたら怒られるかもしれません」

鈴が照れ隠しにそんな言葉を口にすると、石長姫は首を横に振った。

「変化を恐れてはいけません。伝統は大切です。でもその決まりを守るのは人なのですから、まったく同じというわけにはいかないでしょう。鈴さんは鈴さんのやり方を模索してください。少なくとも今回私たちは、とても楽しませていただきました。ありがとう」

「石長姫さま」

鈴は鈴で自分のやり方を模索する、その言葉を胸に刻み込んだ。

「結局、しろとはどうともならなかったけど、理由がわかったから、まあよしとしよう！」

橋姫が意味深に言って鈴を見る。

その言葉に鈴はどきりとした。理由がわかったということは、鈴が彼に一緒にいてほしいと頼んでいたことを知られてしまったのだろうか。

「鈴ちゃん。しろってねえ、神さま仲間の間でも力は強いしあの通りイケメンだから、すごく人気があるの。私みたいにワンナイトを狙ってる娘は多いのよ」

橋姫がにっこりとした。

「……」

「彼も男だから、昔はそれなりに誘いに応じていたみたい。だけど最近さっぱりなのよ。どうしてだろう？　って、仲間内では少し噂になってるのよ」

そういえば昨日裏庭でふたりはそんな話をしていたと鈴は思い出した。

「思い返せば、人間の時間の流れでいうと、二十年くらい前からなの。それで私、今回の滞在で鈴ちゃんに会ってピンときちゃった」

橋姫がそう言ってふふふと笑う。

「私に会って……。橋姫さま、それって……」

「ふふふ、鈴ちゃん二十歳なんでしょ？　赤子のときから……なーんて、人から見たら気持ち悪いって思うかしら？　でも私たち神さまにとって年齢は関係ないのよ。魂に惹かれるんだもの。しろったら、初めから決めていたのね」

あまりにも大胆な推理に鈴が答えられないでいると、橋姫が鈴のところへやってきて肩に手を置いた。

「私、人の恋路を邪魔するような趣味はないし、鈴ちゃんのこと大好きになっちゃったから、しろにちょっかいを出すのはやめにした」

そう言って目を閉じる。

「……あなたが恋しい人と幸せになれるよう願います」

肩がじわりと温かくなった。

「橋姫さま……」

「私、神さまだもん。人の幸せを願うのがお仕事よ！」

にっこりと微笑んで橋姫が手を離すと、ふたりが白い光に包まれる。

「また来るわね」

「ばいばーい！」

眩しい光に目を閉じて、再び開けたときはいつものいぬがみ湯の庭だった。ふたりの姿は消えている。

立ち尽くしたまま、鈴は橋姫の言葉を考えていた。

白妙が他の神さまたちの誘いに応じなくなったのは、鈴が生まれたころからだという。それはつまり……

「やっと帰ったな」

やれやれというような声が聞こえて振り返ると、白妙が腕を組んで松の木にもたれかかっていた。

「しろさま」

「いつもは二日なのに、今回は少し長かった。よほど鈴のもてなしが気に入ったのだろう」

　そう言ってにっこりとする。

　清々しい朝の日差しの中、緩く結んだ銀髪を肩から流し涼やかな目元を緩めて微笑む白妙は、これ以上ないくらい美しい。鈴の胸がきゅんと鳴った。

「おふたりとも無事に帰られました。とても親しみやすい神さま方で少し驚きでしたけど」

　鈴がそう告げると、白妙が頷いた。

「ああ、初めての客があのふたりでよかったよ。神さま連中の中には気難しい輩《やから》も多いからね。何はともあれよくやった。さすがは私の鈴だ」

　いつものように優しい言葉をくれる彼をジッと見つめながら、鈴は再び橋姫の話を思い出していた。

〝私の鈴〟

　何度も聞いたこの言葉は、鈴を嫁にするという意味なのだろうか。ずっと前から決めていた？

　……知りたいと、強く思う。

　どうしたらいいかと尋ねる鈴に、まずは自分がどうしたいかだと律子は言った。

　彼が恋しくて、愛おしい。自分の気持ちをはっきりと自覚した今、白妙はどういう気持ちなのかどうしても知りたかった。

深く息を吐いて目を閉じてから、鈴は意を決して口を開いた。

「しろさま、お伺いしたいことがあります。あの――」

「鈴ちゃん、鈴ちゃーん！」

赤い橋の向こう林造園へ続く坂道を、誰かが鈴の名を呼びながら駆け上がってくる。

「鈴ちゃん！」

佐藤だった。はあはあと肩で息をしながらも、足を緩めることなく、こっちへ向かってくる。

「どうしたんですか？」

尋常じゃない様子に、鈴が駆け寄ると、彼は顔を上げて目を輝かせた。

「佳代さんが……佳代さんが目を覚ましたって、今、宗一郎くんから連絡が……！」

第五章　祖母の反対

祖母が目を覚ましたという連絡は、当然のことながら両親へ入った。父がすぐに連絡をくれたようだが、普段から携帯をほったらかしにしている鈴は出なかった。神さまふたりの見送りでいぬがみ湯の固定電話にも出なかったから、先に病院へ向かった両親の代わりに佐藤が直接来たというわけである。

そして鈴も佐藤と一緒に病院へ向かった。だが健太郎との話を勝手に進めた両親とは会いたくなくて、しばらく近くで待機したのち、彼らが帰ってから病室へ入った。

明るい日差しの中で、目を開けている祖母に、鈴は涙が溢れた。何か言いたいと思うのに、唇が震えて言葉にならなかった。

「心配……かけたね」

酸素マスクをしたまま、くぐもった声で佳代が言う。それに答えることもできずに、ベッドの柵を握り締めた。

「おばあちゃん、よかった……」

ようやく鈴がそれだけを言うと、祖母がまたくぐもった声を出した。

「古い……、知り合いが見舞いに来てくださる夢を見たんだよ。……ありがたい方々だから、ご利益があったのかもしれない」

古い知り合い、ありがたい方々という言葉に鈴はすぐにピンとくる。

「おばあちゃん、それ、橋姫さまと石長姫さまのことじゃない？　おふたりともすごく心配なさってたもの」

ふたりは宿へ着いた次の日に、祖母の見舞いに行くと言っていた。ふたりとも縁結びの神さまではあるけれど、あくまでもそれは得意分野の話だ。ふたりのおかげで祖母は目を覚ましたのかもしれない。

祖母が戸惑うように瞬きをして、佐藤に視線を送った。どうして鈴がふたりのことを知っているのだと不思議に思っているのだろう。

「佳代さん。佳代さんがいない間、鈴ちゃんがいぬがみ湯の女将をしてくれているんですよ。銭湯はなかなかの評判で、宿のほうも先日から今朝まで橋姫さまと石長姫さまにご滞在いただいたんです」

うれしそうに佐藤が事情を説明する。

「どうして……勝手に」

祖母は小さくそうつぶやくと、鈴を見た。

「……どうしてって……。おばあちゃんが倒れたとき、お父さんとお母さん、いぬがみ湯を閉めようとしたの。だから……私」

「だからって、私に……断りもなく」

祖母の口から出た思いがけない否定的な言葉に、鈴は呆気に取られてしまう。

祖母もいぬがみ湯を大切に思っていたのは確かだから、どんなに鈴が頼りなくとも閉めるよりはよかったと言ってもらえると思っていたからだ。

「宿のことを、鈴に話したのはあんたかい」

祖母に睨まれて、佐藤が真っ青になった。

「佳代さん、私は——」

「おばあちゃんやめて。おばあちゃんが倒れた次の日に、弁天さまがいらっしゃったのよ。町長さんは取りなしてくれただけ」

鈴は慌てて祖母を止める。言いながら悲しい気持ちになっていた。

そういえば祖母は宿のあやかしたちに鈴には姿を見せぬように命じていたと、太郎と次郎が言っていた。忙しい毎日の中で考えないようにしていたけれど、祖母が鈴を後継にするつもりがなかったのは明らかなのだ。

「おばあちゃん、私じゃ頼りなくて心配なのはわかるけれど、それしか方法がなかったの。白妙さまにはきちんと許可をいただいてあるから……」

「白妙さまに会ったのかい⁉」

祖母が大きな声を出す。すぐにゴホゴホと咳き込んだ。

「か、佳代さん……！　大丈夫ですか？　まだ目を覚ましたばかりなのに、無理をしちゃいけない。鈴ちゃん、その話はまた今度でいいだろう」

佐藤が言って、話を中断する。鈴は頷いた。

「……おばあちゃん、またすぐに来るね」

そして病室を出た。

朝は気持ちよく晴れていたはずの空は今はどんよりと曇っている。

鈴は鎮痛な思いを抱きながら駅までの道を歩いた。思ってもみなかった祖母の反応に、心が押しつぶされそうだった。

両親に反対されてもやりたいと思ったのは、祖母が大切にしていたあの場所をどうしても守りたいと思ったからだ。それなのに、まさか祖母本人から反対されるとは。

「鈴ちゃん」

呼びかけられて立ち止まる。振り返ると病院のほうから佐藤が小走りにやってくる。鈴に追いついて、はあはあと息を整えてから口を開いた。

「あまり気を落とさんで。佳代さん、まだ混乱してるんだろう」

「はい……。でもあんなに怒るおばあちゃん、初めてでした。町長さん、やっぱりおばあちゃんはいぬがみ湯を私に任せられないと不安なんでしょうか？」

尋ねずにはいられなかった。祖母は、いつもどんなときも温かく鈴を受け止めてくれた。母のように鈴のやることを否定などしなかったのに。あんなに頭ごなしに言うなんて、よほどのことだ。

「いや、鈴ちゃんがどうとかじゃないと思う。突然、何もかも変わっているということに気持ちがついていけないんじゃないかな。つまり、目覚めたら嫁ではなくなっていたというのも複雑だろうし……」

その言葉に、鈴の胸がコツンと鳴る。

「嫁ではなくなっていた……？」

つぶやくと、佐藤が頷いた。

「ああ、鈴ちゃんも二十歳になったのだから、覚悟はしていたと思うけど」

「……おばあちゃんは、白妙さまのお嫁さんだったのですね？」

鈴はどくんと胸が嫌な音で鳴り始めるのを聞きながら、佐藤に確認する。

本当に今さらのことだった。今までそこに思い至らなかった自分は、なんて迂闊《うかつ》なんだろう。

そうだ、祖母も〝大江家の娘〟なのだ。しかもいぬがみ湯の女将をしている。言い伝え通りだとすれば、白妙に嫁入りしたはずだ。

「はっきりと確認したわけじゃないがそうだろう。町としてはその認識だよ。……そうか、鈴ちゃんは知らなかったのか」

「はい、おばあちゃんの旦那さん……つまり私の祖父に当たる人は、父が生まれる前に亡くなったと聞いていました」

だから祖母は銭湯の女将をしながら、鈴の父を女手ひとつで育てあげた。決して仲がいいとはいえない母がその話をしたときは、尊敬していると祖母を珍しく褒めていたのだ。

「それは、宗一郎くんのお父さんだよ。……佳代さんは一度村を出ていてね。ある日、突然ひとりで村に帰ってきた。宗一郎くんを身ごもってね。そして彼を産み、いぬがみ湯の女将になったんだよ」

佐藤が昔を思い出すように遠い目をした。

「まあ時代が時代だったから、当時はいろいろ言う者もいたが、なんといっても地主神さまのお嫁さまになられたわけだから、そのうちに誰も何も言わなくなったってわけだ」

佐藤の話を聞く鈴は複雑な気持ちになっていた。

初恋の人にはすでに妻がいる。しかもその妻は自分の大好きな祖母なのだ。でももしかしたら、自分も彼の妻になるかもしれなくて……

「鈴ちゃん？　大丈夫かい？　真っ青だよ」

「……だ、大丈夫です」

そう答えるのが精一杯だ。佐藤が心配そうに眉を寄せた。

「そう……。家まで送ってあげたいけど、佳代さんのことも心配だから……」

「町長さんは、おばあちゃんにつき添ってあげてください」

本当なら家族がそばにいるべきだけど、さっきのことを考えたら鈴は帰ったほうがよさそうだ。目が覚めたばかりの祖母を興奮させるようなことはしたくない。

「すみません、よろしくお願いします」

病院へ戻っていく佐藤の後ろ姿を見つめながら、白妙に会ったのかと尋ねる祖母の動揺した様子を思い出す。

祖母が、鈴を宿の後継ぎにしたくなかった理由がようやくわかった。

祖母は白妙を夫として恋しく思っているのだろう。だから鈴が女将になり、彼の嫁になることを避けたかった。妻としては当然の感情だ。

それなのに、自分の意識がないうちに、鈴はいぬがみ湯の女将になり白妙の嫁になろうとしていたのだ。動揺し、怒るのは当然だろう。

知らなかった。そんなつもりはなかったし、これからもそうするつもりはないと言えば、祖母は納得してくれるだろうか。

でも鈴の気持ちはすでに……

深いため息をついて、鈴はまた駅までの道を行く。鉛色の空からぽつりぽつりと雨が降り出し、とぼとぼと歩く鈴の肩を濡らした。

昼間に降り出した雨は、夜にはいっそう強くなった。閉店後、ざあざあという雨音を聞きながら鈴は番台裏の和室で、ひとり古い写真を眺めている。まだ赤ん坊だったころの父を抱く祖母である。

モダンなワンピースを着てにっこりと微笑んでいる祖母は、今も綺麗な人だけれど、若い分輝いて鈴の目に映った。橋姫は神さまには相手の年齢など関係ないと言ったが、今の鈴と比べてとても太刀打ちできそうにない。

「……佳代だな。懐かしい」

どこからともなく現れた白狼姿の白妙が、鈴の手元を覗き込んで言った。

「おばあちゃん、すごく綺麗ですよね」

そう言って白妙を見ると、彼はやや曖昧に言いにくそうに答えた。

「ああ、まぁ……そうだな」

その答えを聞いて鈴は後悔する。神さま相手に試すようなことをしてしまった。今までの自分ならこんなことはしなかっただろうに。

誰かを好きになるということは、ずるい汚い感情も併せ持つものなのだろうか。

でもこれでひとつはっきりした。

やっぱり白妙と祖母は夫婦だったということだ。

彼がこれほど言いにくそうに、曖昧な態度をとるのは珍しいからだ。妻に対して直接的な褒め言葉を口にするのを恥ずかしいと思っているのか。あるいは、新しい妻になるべき鈴に対する気遣いか。

「どうしてこんな物を出してきた？　佳代が目を覚ましたにしては浮かない表情だ。どうかしたのか？」

心配そうに白妙が言う。いつもとまったく変わらないように思える満月色の綺麗な瞳に、鈴は一瞬「聞いてみようか」という気持ちになる。

祖母とは夫婦だったのか？　今後は鈴を嫁にするつもりなのか？　あるいは……

……でもやっぱり無理だった。どんな答えだとしても、今の自分に受け入れられそうにない。代わりに現実的な問題を口にする。

「おばあちゃんは、いぬがみ湯を私がやっていることをよく思っていないようでした。反対されたら私、どうしたらいいのか……」

「佳代が？　……なるほど」

白妙が頷いてそのまま何か考え込んでいる。鈴はその綺麗な横顔をジッと見つめた。

彼も祖母の心中に、思いを巡らせているのだろうか？

しばらくして口を開いた。

「わかった。では私が直接会って話をしよう」

「……しろさまが？」

「ああ、鈴は心配しなくていい。いぬがみ湯はもう鈴なしにはやっていけない。そのあたりをよくよく話して佳代にも安心してもらうよ」

「……ありがとうございます」

わざわざ白妙が病院へ出向いて話をしてくれるというのに、鈴はそれを言葉の通りに受け止められなかった。

白妙と祖母が直接顔を合わせる。夫婦としての再会を喜ぶのだろうか。

……誰かを愛おしく思う気持ちは、不安、嫉妬、独占欲とともにある。

石長姫の言葉が頭に浮かんだ。


次の日の午前中、鈴は白妙とふたりで祖母の病室の前にいた。

話をするといってもいくらなんでも昨日の今日は……と、目を覚ましたばかりの祖母に負担をかけたくないと鈴は主張した。しかし白妙は「大丈夫。私は神だ。神と話をするのに負担はかからない」と言い切った。

とはいえ、話ができるかどうかは祖母の体調次第、鈴がそぉとドアを開けると、彼女は起きてなんと朝ごはんの粥を食べていた。

「おばあちゃん、もうご飯を食べられるの？」

もちろん酸素マスクも外れている。入ってきた鈴を見てにっこりとした。

「ああ、来てくれたんだね、おはよう鈴。ふふふ、医者もびっくりしてたよ」

でもすぐに鈴の後ろに白妙がいることに気がついて眉を寄せた。

「……白妙さまも、来てくださったんですか」

言葉こそ丁寧だが、明らかに険のある言い方だ。

「佳代、具合がよさそうで安心したよ」

答える白妙もどこかぎこちなかった。

「ありがとうございます。……鈴、私は白妙さまとふたりだけで話がある。外で待っていてくれるかい？」

ただならぬ様子のふたりにもちろん否と言えなくて、鈴は庭へ出て待っていることにした。

昨日の雨が嘘のように今日は快晴だけれど、鈴の心は晴れなかった。

ふたりは何を話しているのだろう。もちろん鈴がいぬがみ湯をやることについての話だが、きっと他の話もするはずだ。鈴のことが原因で喧嘩になるとしたら申し訳なかった。

「鈴」

呼ばれて振り返ると白妙が立っていた。

「話は終わったんですか?」

「ああ……なんとか」

ふうと息を吐く白妙は、明らかに疲れた様子だった。

鈴の胸がずきんと鳴る。やっぱり鈴のことで祖母と喧嘩になったのだ。

「……とりあえず、鈴がいぬがみ湯をやることの了承は得た」

そう言ってため息をついた。

「ありがとうございます。しろさま……あの……おばあちゃんは怒っていましたか?」

鈴はまた探りを入れるようなことを聞いてしまう。しまったと思うけれど、彼はとくに気にしていないようだった。彼は首を傾げてうーんと唸る。

「まぁ……。だが、それは私に対してだ。鈴が心配することではない。それより佳代が鈴に話があるそうだ。病室へ行ってやってくれ。私は先に帰っているよ……少し疲れた」

そう言って、彼は去っていった。

病室では祖母が難しい顔をして鈴を待っていた。やっぱりいつもとまったく違う。

「おばあちゃん、いぬがみ湯をやることを許してくれてありがとう。頼りないけど、おばあちゃんが戻ってくるまで精一杯努めます」

　びくびくしながら鈴が言うと、祖母はため息をついた。

「鈴、昨日は感情的になって悪かったね。いぬがみ湯をしっかり守ってくれていたことは、町長からも白妙さまからも聞いた。あの場所は村にとって大切な場所だ。お礼を言うよ。ありがとう」

　昨日とは違う労いの言葉に、鈴の目にじわりと涙が滲んだ。

「だけど鈴、これはその、自分から言い出したことなのかい？　……白妙さまは鈴が言い出した話だとおっしゃっていたけれど、誰かに強制されたわけじゃなくて？」

　祖母が心配そうに問いかける。鈴が自分から言い出したというのが信じられないようだった。

「いぬがみ湯がなくなるかもしれないと思ったら、知らない間に口から出ていたの。今も大変だけどこの気持ちは変わっていない」

　言葉に力を込めて鈴は言う。祖母がホッと息を吐いた。

「……ならいい。鈴は誰よりも掃除を丁寧にするし、人の話もよく聞くし、女将には向いているだろう」

「おばあちゃん……」

　祖母が真剣な目で鈴を見た。

「だったら鈴、考えておいてほしいことがある。いぬがみ湯の正式な後継について」

「正式な？」

「おばあちゃんはもう歳よ。今回はなんとか助かったが、いつどうなるかわからない。リハビリをしても以前のようには働けないだろう。鈴が女将をやり始めたのは、私が戻るまでというつもりだったみたいだけど、私は戻れない。もし鈴にそのつもりがあるなら、正式に後継としてやればいい。今すぐに答えを出せとは言わないから考えておいておくれ」

祖母の言葉に鈴はゆっくりと頷く。

いぬがみ湯をやろうと思った日からずっと考えていたことだった。そして代理でやっている間に思いは強くなっていった。祖母はいつ目を覚ますかわからなかったし、実際に働いてみて、女将という仕事がどれほど重労働か身をもって実感したからだ。たとえ祖母が目を覚まして元気になったとしても、いぬがみ湯を続けるならば誰かが継ぐ必要がある。

「……よく、考えます」

手をギュッと握り鈴が言うと、祖母は頷いた。

「それからもうひとつ。……白妙さまのことなんだけど。その……」

言いにくそうに迷うように祖母は一旦口を噤む。こんなのは初めてだった。長年連れ添った夫を失うかもしれないと不安なのだろう。

しばらくして祖母は決心したように口を開いた。

「鈴は、白妙さまが好きなのかい？　その……つまり、男性として」

核心をつく質問に、鈴の胸はこれ以上ないくらいにドキドキした。まさかここまでずばりと聞かれるとは。

祖母が心配そうに鈴を見ている。聞かずにはいられなかったのだろう。そのくらい白妙を恋しく思い、離れていくことを不安に感じている。

鈴の胸が締めつけられた。

この質問に対する鈴の答えはイエスだ。鈴はもうあと戻りできないくらい、彼を恋しく思っている。でも同じくらい祖母のことも好きなのだ。

家族とも友達ともうまくいかない鈴がここまでやってこられたのは祖母がいたからだ。いつもいつも大きくて深い愛情で鈴の心を包んでくれた。その祖母を悲しませることなどできなかった。

頬にグッと力を入れて口を開く。

「まさか！　白妙さまは神さまでしょう？　そんなこと考えたこともなかったよ。おばあちゃん、どうしちゃったの？」

嘘をつくのは鈴が一番苦手なことだった。考えただけで胸に黒いもやもやが広がっていく。

でも今は必要なのだと自分に言い聞かせた。固くなる頬を無理やり動かして笑顔を作った。

「おばあちゃん、変なこと聞くからびっくりしちゃった」

それでも祖母はまだ心配そうに鈴をジッと見ていたが、やがて息を吐いて納得した。

「……そうかい。ならいいんだ。じゃあ、いぬがみ湯を頼んだよ、鈴。私はまだ動けないけれど、頭はしっかりしてるから困ったことがあったら聞きにおいで」

なんとか切り抜けられたことに、鈴は一応安堵して頷いた。

「ありがとう、おばあちゃん。私、頑張るね」


「あら？　鈴ちゃん。今日もひとりなのね」

日が落ちたいぬがみ湯にて、番台に座っていた鈴に客から声がかかる。

「ええ、まあ……。大浴場にはいらっしゃると思いますが」

鈴が曖昧に答えると、客はにっこりとする。

「ふふふ、鈴ちゃん女将姿がすっかり板についてきたものね。白妙さまも、きっと安心なさったのね」

そして大浴場へ去っていった。その背中を見送って、鈴はため息をついた。

祖母が目を覚ましてから二週間が経った。

本人の気力のおかげか、あるいは石長姫と橋姫のご利益か、祖母は順調に回復しリハビリを始めている。前女将としてアドバイスもくれるから、鈴も仕事が随分とやりやすくなった。

その中で鈴は、いぬがみ湯のあと継ぎとしての覚悟を固めつつあった。

大好きな祖母が目を覚まし将来の展望が定まる。何もかもが順調だ。

でも鈴の心は晴れなかった。

白妙が鈴の前にほとんど姿を現さなくなったのだ。

いぬがみ湯にいる気配はするが、番台に来て鈴とともに客を迎えることはなくなった。営業時間中はたいてい大浴場のタイル画にいるが、鈴が入浴するときはもぬけのからになっている。一番風呂のあとラムネを持っていくと、浴室から「置いておいてくれ」と声を聞くだけである。そして極めつけは……

鈴は振り返り、少し開いたガラス戸の向こうの和室に視線を送った。

夜、鈴の部屋へ来なくなった。

病室で祖母と話をした日から一度も。あの日から鈴は毎日夜をひとりで過ごしている。それらすべての行動が寂しくてたまらなかった。

理由ははっきりとわかっている。

目を覚ました祖母の顔を見て、話をして、愛おしい妻は彼女だけなのだということを思い出したのだろう。

……でもそれでいいって決めたじゃない。

鈴は自分に言い聞かせた。

大好きな祖母と白妙さまの仲を邪魔したくない。だからこれでいいのだ。

「こんばんは！」

元気な声が聞こえてガラガラと玄関扉が開く。律子が拓真を抱いて入ってきた。

「りっちゃん、いらっしゃい」

声をかけると彼女は、こちらへやってくる。やや深刻そうな表情で口を開いた。

「鈴、ちょっと出てこれる？」

「え？」

「表に健太郎が来てるんだ。話があるんだって」

携帯に〝申し訳なかった。合わせる顔がない〟というメッセージをもらったきりで、健太郎とはあの日以来会っていない。

でも、合わせる顔がないのは鈴のほうも同じだった。まわりから明らかに浮いていた鈴と、ずっと友達でいてくれたのに、その気持ちに応えられなかったのだから。このまま疎遠になるなんて嫌だけど、自分から会いにいっていいものなのかすらわからなかった。

その健太郎がわざわざ会いにきたのだ。鈴は太郎に番台を任せて庭へ出る。

赤い橋の上で健太郎は手すりに両手を置いて、家々の灯りがつき出した天河村を眺めている。鈴に気がついて、気まずそうにこちらを向いた。

「けんちゃん、来てくれたんだ」

鈴が言うと、健太郎は一瞬ホッとしたような表情になる。でもすぐに、口を一文字にして泣きそうな表情になる。そして腰から九十度に身体を折り、声を絞り出した。

「鈴……！　ごめん」

「けんちゃん……」

健太郎らしいまっすぐな謝罪だ。

「あんなこと、するはずじゃなかったんだ。鈴と……結婚したいと思ってたのはたしかだけど、あんな卑怯なやり方を……」

「けんちゃん、白妙さまは、けんちゃんは野のあやかしに取り憑かれてるっておっしゃってた。いつものけんちゃんじゃなかったんだもん。仕方がないよ」

健太郎が悔しそうな表情になった。

「だけど、あやかしに取り憑かれる隙を作ったのは自分だ。今までこんなことはなかったのに」

天河山にはいぬがみ湯に入りにくるような害のないあやかし以外に、人に取り憑くものもいる。人が抱く不安や恐れ、憎悪といった暗い感情が彼らを誘き寄せると言われていた。だから町ではそんな隙を作るなと親が子に教える。

「鈴がここの女将になって俺、ずっと不安だった。白妙さまとの決まりごとも知ってたし。それで少し前に仕事中に蛇に手を噛まれたんだ。きっとあれが……」

鈴は頷いた。気持ちが不安定になっているところをあやかしにつけ込まれたというわけだ。だったらなおさら申し訳なかった。彼の心に隙ができた責任は自分にもある。

「けんちゃん、私……。ごめんね。何も気がつかなくて。……りっちゃんにも言われちゃった。私、鈍いって。誰から見てもわかるのにって……」

健太郎が泣き笑いのような表情になった。

「律子の奴！　でもそれが鈴だろ。そんな鈴だから俺は……」

そこで唇を噛んで頭を振る。そして、一旦目を閉じてから鈴を見た。

「鈴、あんなことをしてしまったけど、いままで通り友達でいてくれる？　無理にとは言わないけどさ。その……幼なじみってすごく貴重だし……」

「もちろんだよ、けんちゃん。私もそうしたいって思ってたけど、もう前みたいに話してくれないかと思ってたから」

「まさか！　幼なじみなのに、そんなことあるわけないだろ。今も昔も俺が鈴の一番の友達だ」

健太郎が言った。そして「また寄るよ」と手を上げて橋の向こうへ帰っていった。

「……けんちゃん、すごいな」

その後ろ姿が見えなくなってから、鈴は赤い手すりに手をついてつぶやいた。

恋しいという気持ちがどれほど強烈で狂おしいものなのか、今の鈴にはよくわかる。胸を焼きつくすような苦しみも、相手の心に自分はいないという虚しさもどうにもできない。

それでも健太郎は鈴を思いやってくれたのだ。彼の強さと優しさがあったから、鈴は数少ない大切な友達を失わずに済んだのだ。

自分もそうできたらいいのにと心から思う。

今の鈴にできるのは、せいぜいふたりのことは考えないようにして、寂しいという気持ちを少しでも紛らわすくらいだった。

鈴はくるりと振り返り、オレンジ色の灯りが漏れるいぬがみ湯をジッと見つめる。

ため息をひとつついて、来た道を戻り始めた。

第六章　進むべき道

その客がいぬがみ湯に到着したのは、朝からジージーと蝉が鳴く暑い日だった。

数日前、鹿が予約を告げにきたその客は、どうやら少しやっかいなようだった。出迎えのため朝早くにいぬがみ湯の庭に来た佐藤が、前回とは打って変わって緊張している。

「町にとって特に大事な神さまなんだけど、ものすごく気難しい方なんだ。なんとかゆるりとお過ごしいただければいいけれど」

学業の神さま、菅原道真《すがわらのみちざね》公である。

「村の子たちの高校受験がかかっているからね……！　今年は若干、不安な子が多くて……」

村には小中学校しかなく、高校は高倉の公立校を受験する子がほとんどだ。

「すごくうるさいジジイなんだ。神経質で佳代も手を焼いていたよ。毎年、〝このような宿もう二度と来るものか！〟と暴言を吐いて帰るくせに、絶対にまた来るんだからやっかいだよ」

佐藤の隣で白妙が肩をすくめて、優しい目で鈴を見た。

「何か言われてもあまり気にしないように」

ここ数週間はほとんど姿を見せなかったのがこうやって出てきたのは、どうやらこの話をするためだったようだ。鈴の胸にじわりと温かいものが広がった。祖母が妻だと思い出し距離をおいたとしても、鈴のことは大切に思ってくれている。

「記録簿にも失礼のないようにと書いてありました。おばあちゃんも苦労したんですね……私に務まるかな」

自信がなくて思わず口から弱気な言葉が出てしまう。

「大丈夫。鈴は鈴にできることをやればいい。きっとうまくいく」

白妙がふわりと微笑んで、鈴のほうに手を伸ばした。でも鈴の頭に触れる寸前で、その手はぴたりと止まり離れる。

「道真公があまりにも我儘《わがまま》ばかり言うようなら、教えてくれ」

そう言って彼は建物の中へ戻っていった。

その後ろ姿を見つめて、鈴は泣きたいような気持ちになる。追いかけて抱きつきたいくらいだった。行かないでもう少しそばにいてほしいと、その背中にすがりたい。

でも今は女将として、役割を果たさなければならないと踏みとどまる。それに、そんなことをしても彼を困らせるだけだろう。そのとき。

登山口からチリンチリンと何やら雅な鈴の音が聞こえてくる。カッポカッポと動物の足音がして、上品な装飾の牛車が降りてきた。ガラガラと音を立てて玄関のところまで来て止まる。

入口の御簾《みす》がスルスルと上がり、中から小柄な男性が降りてきた。束帯と呼ばれる平安貴族の正装を身につけて、烏帽子《えぼし》をかぶり尺を手にしている。

着いたばかりだというのに、何が気に入らないのか眉間《みけん》に皺《しわ》を寄せていた。

おそらく彼がかの有名な菅原道真公だ。

いよいよだ。鈴はごくりと喉を鳴らして頭を下げた。

「ようこそお越しくださいました、道真さま。大江鈴と申します。祖母に代わりまして、女将を務めさせていただいております」

その言葉に反応して、道真が鈴の頭のてっぺんから足先までチェックするようにじろりと見る。そしてもったいぶって頷いた。

「身なりは合格じゃ」

身なりといっても特別な格好をしているわけではない。でも先日、石長姫と橋姫を迎えた時と同様に、朝に禊《みそぎ》をしたから、おそらくそのことについて言っているのだろう。

「ありがとうございます」

「うむ。佳代のことは弁天から聞いた。して、具合はどうじゃ？」

「おかげさまで、今は目を覚ましまして、リハビ……動くための鍛錬をしております」

鈴が答えると、道真はやや安心したように頷いた。

「道真さま、お久しぶりにございます……」

佐藤が口を開いた。

「道真さまのご滞在、村の者一同心より歓迎いたします。どうぞ、ゆるりとなさいませ。……こちらが今年の村の受験生と志望校の目録にございます」

そう言って、すすすと近寄り茶色い封筒を差し出した。

「何とぞよろしくお願いいたします」

まさかリストまで準備していたとは思わなかったが、道真公は特に驚くこともなく受け取り、合わせせに挟む。どうやら毎年のことのようだ。

「だが、神頼みだけではいかんぞ。本人の努力がなくては、私の力も意味がない。そのあたりよーく言い聞かせておくように」

「は、はい、それはもう……」

そんなやり取りをしながら一同は客室へ移動する。部屋へ足を踏み入れた途端に道真が「ややっ」と声をあげた。

「どうかなさいましたか?」

尋ねると、尺で座布団を差した。

「……数が合わない」

「え?」

「座布団の数が多いと言っておるのだ! 私はひとりで泊まると鹿に伝えさせたはず。それなのに、どうして座布団が四つもあるのじゃっ!」

ヒステリックに言い放つ。その瞬間。

「失礼いたしましたぁ~!」

どこからともなく太郎と次郎が現れて、座布団を三枚抱えてドロンと消えた。

「申し訳ありませんでした。以後気をつけます」

鈴もすぐに謝る。掃除については入念にしたが、座布団の数を合わせるところまでは考えが至らなかった。

頭を下げると、彼は座布団に座り不機嫌に腕を組んだ。

鈴はさっそく茶の準備に入る。するとまた道真が口を開いた。

「床の間の花も不要じゃ。花の香りは、勉学に必要な考えを鈍らせる。気が散ってかなわん」

「……かしこまりました」

床の間に飾られた花に目をやって鈴は答えた。

そのあとも道真は部屋の中の調度品や、窓の開き具合などあれこれと鈴に細かく指示をして整えさせる。そしてようやく納得して、座卓に巻物を広げて読み出した。

茶を置こうとする鈴に不快そうに言い放つ。

「茶などいらん、溢れたらどうする。もうよい、下がれ」

「失礼いたしました。では何かありましたらお呼びください」

鈴たちは頷いて下がった。

「ああ、怖かった。毎年のことだけど道真公のときは緊張するなぁ」

帰り際庭へ出た佐藤が、鈴にぼやいた。

「鈴ちゃん、あまり気にしないようにね。あのお方はお力は確かなんだが、とにかくこだわりが強い。すべてに応えようとしなくてもいいから」

鈴はそれに頷きつつ、さっきの道真の様子を思い出していた。

「道真さまは、ここでもお仕事をなさるのでしょうか。休暇でこちらにいらしたのに」

さっき広げていた巻物には個人の名前と学校名が書かれていた。きっと佐藤が渡したのと同じ類のものだろう。

「ああ。ワーカホリックという奴だな。いつもあんな感じだよ。まあちょうどこの時期は志望校が決まって、願いがたくさん舞い込むのだろう」

肩をすくめて、佐藤は帰っていった。

以前白妙が、初めての客が石長姫と橋姫でよかったと言っていたのを鈴は実感する。今度の神さまは一筋縄ではいかなそうだ。

「ワーカホリック……」

ひとりになった玄関でつぶやいて鈴は考え込んでいた。

「あのお方に関しては、私も試行錯誤だったよ。こだわりが強くて綺麗好き、だからとにかく掃除は丁寧に、は絶対だ。ただそれ以上に、と言われたら……」

祖母がため息をついた。

道真が到着した二日後の朝、銭湯の開店準備を太郎と次郎に任せて鈴は祖母の病室にいる。リハビリを始めた祖母は、高倉の大きな病院から天河村にある中規模の病院へと転院した。おかげで鈴はしょっちゅう会いに来られるようになった。今日来たのは、道真に関するアドバイスをもらうためである。

道真は評判通り相当気難しい客だった。

少しでも気に入らないことがあると「女将、女将!」と金切り声をあげて鈴を呼ぶ。部屋の掃除は完璧にする必要があるけれど、それでいて彼の私物の置き場所が少しでもずれているとカミナリが落ちる。「ズレていた！　元に戻せ」と部屋に呼ばれるといった具合だった。

他のあやかしの手にはおえないから、ここ二日、鈴は宿のほうにかかりきり。番台にもろくに座れないくらいだった。

だけど鈴は、それについて不満に思っているわけではない。

他人には理解されない本人だけのこだわりは誰しもあるものだと鈴は知っているからだ。鈴も子どものころは青い服しか着たくないと言って母を困らせた時期がある。

祖母に助けを求めたのは、あの状態で彼が本当にリラックスできているのか気になったからだ。

「道真さまは、おばあちゃんのときのほうがよかったとおっしゃることがあるの。だから、どうやってたのかを知りたいの。今よりもリラックスなさっていたんでしょう？」

祖母が首を傾げた。

「どうだかねぇ。私を褒めるなんてことは一度たりともなかったし、やっぱりずっと仕事をなさっていたよ。私はとにかく言われた通りにするということに徹してたね。あの方にはそれが必要なのだと思ったから。ただ要求される事柄が尋常じゃなく多いから、経験のない鈴が完璧にやるのはまだ無理だ。焦らずに根気よくやりなさい。厳しい方だが、人の頑張りを無下にするようなことはないはずだ」

「わかった、精一杯やってみる」

祖母の言葉を頭に叩き込んで鈴は頷いた。

「帰り際には、もうこんな宿に来るものか！　とヒステリックにおっしゃるけど、必ず次の年も来られるから、あまり気にしないように」

励ますような祖母の言葉に、鈴の胸に小さな棘がちくりと刺さる。

白妙も同じようなことを言っていた。さすがは夫婦として長い時間を共有したふたりだと、鈴の頭に嫌な考えが浮かんだ。

そこへ、祖母がさらに追い討ちをかけるようなことを言う。

「ところで鈴。白妙さまとはどうだい？　あれから」

棘が刺さった場所がじくじくと痛みだすのを感じながら鈴は首を傾げた。

「どう……って？」

「何か……あったりはしないかい？」

祖母が探るような目で鈴を見た。鈴が無言で眉を寄せると、取り繕うように言う。

「いや、何もないならいいんだよ。気にしないでおくれ」

その様子に鈴の胸は張り裂けそうになる。やっぱり祖母は白妙が自分から離れていくのを恐れている。

「……白妙さまは、最近はあまり私の前に姿をお見せにならないの」

「そうかい」

祖母がホッと息を吐く。ちょうどそのとき、看護師がリハビリの時間だと祖母を呼びに来て、鈴は病室を出た。

ひんやりとした空気のコンクリートの廊下をとぼとぼと歩きながら、鈴はもやもやと考えを巡らせる。

自分がふたりの妨げになっているのは明らかだ。優しい白妙は鈴にやはり妻は祖母がいいと言えないのだろう。祖母のほうは、いつ嫁の立場を鈴にとって代わられるかを常に心配し、心が休まらない。

申し訳なくてつらかった。

鈴に優しくしておいて、今は祖母に心を傾ける白妙を不誠実だとは思わない。彼は神さまなのだから、大江家との間で決められた約束ごとを守っているだけだ。長年連れ添った妻を大切にし続ける、そんな彼だからこそ鈴は愛おしく思うのだ。しかも彼はおそらくは鈴のことも、大切に思ってくれている。

ただひと言、鈴が自分のことはもういいからふたりは今まで通り夫婦でいてくれと言えばこの微妙な空気はなくなるのだろう。

それなのにそれを言えない自分がただ情けなかった。

病院を出ていぬがみ湯に向かう。住宅街と合流する道から見覚えのある人影がやってくるのが見えて鈴は声をあげた。

「りっちゃん！」

律子が振り返った。

「あ、鈴」

今日は拓真を連れていない。肩から大きな黒い鞄をさげていた。ふたりは互いに駆け寄り、並んで歩き出す。

「お見舞い？」

律子が病院への道からやってきた鈴に尋ねる。鈴は頷いた。

「うん、りっちゃんは？」

「赤暖簾《あかのれん》の常連さんが髪を切ってほしいって言うから、行ってきた」

そう言って黒い鞄を叩く。中に道具が入っているのだろう。

「鈴、そういえばさ、あの件はどうなったの？　この前、健太郎が深刻な顔をして来てたじゃん。結論が出たってこと？」

白妙と健太郎、どっちの妻になりたいかという話だ。鈴の心は決まったかどうかを聞いているのだろう。

「……うん、一応。でもどうにもならないの」

律子は驚いたように鈴を見て、ちょうど通りかかった児童公園へ寄ろうと言った。頭がぐちゃぐちゃで自分だけでは抱えきれなくなっていた鈴は素直に頷いた。

誰もいない公園のブランコに並んで乗り、鈴は白妙への気持ちと健太郎との間に起こったこと、それから祖母との事情を話した。

「……なるほど。それはつらいね」

すべてを聞き終えて律子はそう漏らした。

「初恋なのに、おばあちゃんと三角関係か……」

「三角関係って言えるのかな。ふたりの気持ちは定まってるように思う。しろさまは最初からおばあちゃんの目が覚めるのを待ってたんだよ。いぬがみ湯の女将をする私を応援してくださったのも、おばあちゃんが目を覚ました時にガッカリしないようにするため。それをただ私やまわりが勘違いしてただけで」

鈴の口から卑屈な言葉が出る。でも本当のことだと思った。

「そうかなぁ？　私にはそんなふうには思えないけど。もしそうなら、紛らわしいことを……と思わなくもないけど、そこは神さまだから私たちの常識とはちょっと違うんだろうね」

「りっちゃんにもさ、こういう経験ってある？　失恋っていうか……」

鈴は迷いながら彼女に問いかけた。

「もちろんあるよ」

「そういうとき、どうやって気持ちを切り替えたの？　けんちゃんを見て私すごいな、あんなふうになれたらいいのにって思ったけど、なかなかうまくいかないの」

「そうだなぁ……」

律子が公園の木を見上げて、少し考えてから口を開いた。

「私の場合はさ、とにかくそれどころじゃないって状況だったかな。専門学校時代の彼氏と別れたときは資格試験の直前だったたし、拓真の父親のときは拓真をひとりで育てなきゃって必死だったし。で、気がついたらどうでもよくなってたって感じかな」

そう言ってニカッと笑う。つられるように鈴も笑みを漏らした。

「そっか、りっちゃん今日も美容師のお仕事だったんだもんね」

すると律子は首を横に振る。

「今日のはただのボランティア、いやこっちが練習させてもらった感じかな。たまにでもハサミを持たないと感覚を忘れちゃうからね。私、就職してすぐに妊娠しちゃったから、腕前は全然なんだ。でも拓真がもう少し大きくなったら高倉の美容院を探して働こうと思ってる。それでいつかはこの村で自分の店を持ちたいんだ」

力強く未来を語る律子に、鈴は感嘆のため息を漏らした。

「りっちゃんはすごいなぁ。自分のやりたいことを見つけてその道に進んでるんだもんね。しかもママだってやってるんだもん。本当、尊敬する」

同じ歳とは思えないくらいに先を行っている。

「何言ってんの、鈴もじゃんか」

律子が言った。

「え？」

「子どもはいないけど、鈴だってやりたいことを見つけてしっかりやってるじゃん」

思いがけない言葉に、鈴は目をパチパチとさせた。

「私も……？」

「そうだよ。決めたんでしょ？　おばあちゃんの跡を継ぐって。ていうか、村の人たちはもうすでに皆そうなんだって思ってるけど。すっかりいぬがみ湯の顔だもんね」

そう言って律子はニカッと笑う。そのとき学校から給食の時間を告げる音楽が流れ、「やばい」と言って立ち上がった。

「昼までには帰るってお母さんと約束したんだった。ごめん、鈴また夜に！」

「あ、うん、待ってるね」

慌てて公園を出ていく律子を見送ってから、鈴はまたいぬがみ湯を目指して歩いた。

郵便局の前を通りかかったとき、豆腐屋の女将に声をかけられる。

「あら鈴ちゃん、こんにちは」

「おばさん、こんにちは」

鈴は立ち止まり答えた。

「ちょうどよかった、今日、厚揚げを持っていこうと思ってたの。うちの嫁が作ったのだから味は確かよ。ちょっと炙って醤油をかけるだけで一品になるから」

「本当ですか？　うれしい、ありがとうございます」

「じゃあ、また夕方に」

にっこり笑って豆腐屋の女将は去っていった。

少し考えてから、また鈴は歩きだす。

いぬがみ湯の暖簾《のれん》をくぐると、太郎と次郎があやかしたちと銭湯の開店準備を進めている。鈴の姿を見て次郎が声をあげた。

「ああ、鈴さま！　よかった」

てててが次郎にまとわりついて、後ろでせわし男が走り回っていた。

「今日は一度も鈴さまが来られなかったから、皆寂しがって仕方がなかったんですよ。せわし男も鈴さまがいないからか、いくら言っても消えなくて」

困ったように太郎が言うと、てててが鈴に気がついて集まってきた。

「そうなんだ。ごめんね、留守にして」

ぷにぷにのてててをひとりひとりなでて謝る。うれしそうにするてててては皆身体が黒くなっている。

「ちゃんと廊下を綺麗にしてくれたのね。ありがとう。明日は私も一緒にやるからね」

そう約束をすると、皆うれしそうにぴょんぴょんと跳ねるのが可愛かった。

「ほらほら、身体を洗いに行きますよ」

次郎が手をパンパン叩いて、てててを連れていった。

「せわし男さんも、心配かけて申し訳ありませんでした」

走り回るせわし男に声をかけると、立ち止まり頷いてからどろんと消えた。

「はぁ、やれやれ」

太郎がつぶやいた。そこへ。

「女将、女将」

聞き覚えのない声が聞こえて、鈴はキョロキョロとする。渡り廊下の向こう側から、崔老師がこちらを覗いていた。鈴と目が合うと「女将」ともう一度呼んで手招きをした。

「崔老師が……珍しいですね」

太郎がつぶやくのを聞きながら、鈴は渡り廊下を行く。

「私のことですか？」

尋ねると、崔老師が頷いた。

「他に誰がおる。はよ来い、そこへ座れ」

女将……いぬがみ湯に元々いたあやかしからそう呼ばれるのは不思議な気分だった。

彼らにとって女将といえば祖母のはずだ。

とはいえ有無を言わせぬ雰囲気の崔老師に「はようはよう」と言われて休憩処の長椅子に座る。

崔老師が鈴の肩を揉み始めた。頭から首、肩、腕までをちょいちょいと触れていく。じわりとほぐれていくのが不思議だった。

「首がガチガチじゃ」

マッサージを終えて、崔老師はどろんと消える。初めての出来事に、鈴はしばらく椅子に座ったまま考えた。

「女将、女将！　戻ったのか！」

番台の向こう、二階へ続く階段から道真が鈴を呼ぶ。

「はい、ただいま」

鈴は慌てて立ち上がった。

「下がやたらと騒がしい！」

鈴が二階へ上がるなり、道真がヒステリックに声をあげた。

「申し訳ございません。もう静かになります」

平伏して鈴は答えた。

「宿のことはすべて女将の責任じゃ、心得るよう。もうよい、下がれ」

「はい」

鈴は答えて障子を閉めた。

道真はまたすぐに仕事に戻ったようだ。ぶつぶつと言う声が聞こえる。

「うむ、こ奴はすでに合格圏内じゃ。このままいけば心配ないじゃろう。ややっ！こ奴は高望みしすぎではないか。……ああ、じゃが、やりたいことがあるのか、うむ。こ奴は……四浪もしておるから、そろそろ終わらせてやりたいのぉ……！」

受験者の実力と志望校のバランスを考えて頭を悩ませているようだ。そのことを鈴は驚きをもって受け止めた。

学問の神さまとして一番有名な道真のもとには、数えきれないほどたくさんの願いが集まる。それに彼はひとつひとつに丁寧に向き合っているのだ。中には叶えられないものだってあるだろうに、ひとつもいい加減にしない道真の姿勢に、鈴の胸は熱くなった。

なるべく音を立てないように階段を降りる。

石長姫と橋姫を思い出す。ふたりも人々の願いに真摯に向き合い、心から幸せを願っていた。

『鈴だってやりたいことを見つけてやってるじゃん』

律子の言葉が頭に浮かんだ。

ここを訪れる神さまたちは個性的で、少し我儘《わがまま》。けれど心はとても温かい。普段は人々の願いごとに振り回されて忙しい彼らに、せめてここでだけはゆっくりと過ごしてもらいたい。

一階へ降りると身体を洗い終えたててたちが裏庭から戻ってくる。わいわいとする様子が可愛かった。

「今日はありがとう、また明日」

声をかけると、くすくすと照れくさそうに笑い消えていった。

それを見届けてから鈴は番台に座り、いぬがみ湯を眺めた。ピカピカに磨き上げられた古い床、入湯料を入れる賽銭箱《さいせんばこ》、年季が入った冷蔵庫。

この場所が自分の居場所なのだと強く思う。ここに座り、この湯に癒しを求めてやってくる客を温かく迎える。鈴はこの場所を必要としているし、鈴もまた必要とされている。

短大を出てこの村へ帰ってきたばかりのころが嘘みたいだった。あのときはまわりが敵ばかりに見えて、すぐにでも出ていきたかった。それが今は村の人たちとのかかわりを楽しんでいるのだ。

鈴は振り返り、番台裏の和室を見つめた。

今の鈴があるのは、白妙のおかげだ。

いつも隣にいた彼に見守られ励まされたからこそ、鈴はこうやって自分の足で歩き出せたのだ。

彼に出会い、彼を愛し、誰かを愛おしく思う気持ちを知った。たとえその恋が実らなかったとしても無駄ではないと今確信する。

決して無駄にはしない。

「よし！　やるぞ」

深い深呼吸をひとつして鈴は立ち上がった。


夜更けのいぬがみ湯、二階の客室の障子の前に鈴はいる。部屋からは灯りが漏れて道真の声が聞こえていた。

「なぜじゃ、なぜ滑り止めを受けんのじゃ、崖っぷちのくせに……！」

またまた受験生の願いごとに頭を悩ませているようだ。邪魔をするとまた叱られるかもしれないと思いつつ、鈴は恐る恐る声をかける。

「失礼します、道真さま」

ぶつぶつがぴたりと止まった。

「……なんじゃ？」

「お仕事中、失礼いたします」

障子を開けて頭を下げた。

「おやつをお持ちしました。よろしければいかがでしょうか」

「……おやつ？」

道真が怪訝な表情になった。

「夜遅くまで勉強する学生たちも、このくらいの時間には眠くなりお腹が空きます。ですから少し休憩して軽い食べ物を口に入れたりするんです。道真さまもよろしければと思いまして」

受験生を引き合いに出すと納得したようだ。盆の上の物にも興味があるようで頷いた。

「うむ、ではいただこう」

鈴はホッとして部屋へ足を踏み入れた。

「では大切な巻物が汚れませんよう少し片づけさせていただきます」

断って、ひとつひとつ道真に確認しながら机の上の物を片づけていく。道真はそれをジッと見ていた。

綺麗になった机に料理ののった盆を置くと、道真が目を細める。

「むむ、なつかしい。随分と久しぶりじゃ」

盆には唐菓子が並んでいる。道真が生きていた時代に食べられていたお菓子だ。

道真がカリコリと音を立てて唐菓子をかじる。鈴がどくだみ茶を淹れて差し出すと、それも懐かしそうに香りを楽しんで飲んだ。どくだみ茶も古代より親しまれてきた飲み物だ。

「よろしければ明日もこの時間にお持ちします」

鈴が言うと道真が少し照れたように頷いた。

「そうだな……うむ。では、明日も頼む」

鈴は胸をなでおろす。本を見ながら初めて作ったお菓子だが、受け入れてもらえたようでよかった。

神さまに料理は必要ないというけれど、これだけ根をつめて受験生たちのことを考える道真に、何かしたいと思ったのだ。美味しい物はお腹を満たすだけでなく、心まで満たすものだから。

「故郷の味そのままじゃ。この宿の料理人はなかなか優秀じゃの」

最後のひとつを口に放り込み道真が言う。彼にしては珍しい手放しの褒め言葉に、鈴は頬を染めた。

「私が作りました」

「……女将が？」

「はい。見よう見まねでしたが、お口に合いましたようでよかったです。私、短大では日本文学を専攻しておりまして、道真さまの時代の読み物も大好きでした。お料理にも興味がありまして、本を見ながら挑戦してみたのです」

道真が「日本文学……」とつぶやいた。

「女将、確か名前は」

「大江鈴と申します」

「大江……、おお、そうじゃ！」

道真が声をあげた。

「思い出した。おぬしが短大を受験するときも、私のところへ祈祷願いがきた！」

そして後ろに積んであるたくさんの巻物の山をあれでもないこれでもないと探しだす。ちょうど三年前の日付のものを取り出して鈴の前に広げた。

毛筆で読みにくいけれど、たしかに大江鈴とある。でも祈祷に来た人物は自分ではなかった。

大江孝子、母である。

「場所はここではないな。私を祀る神社は全国各地にあるからな、そのどこかじゃろう」

母は校長として天河村の外へ出張に行くことも多いから、おそらくそのときにどこかの神社に寄ったのだろう。

「子の合格を親が祈願しにくることは珍しくない。じゃが、おぬしの母親の場合は少し特殊じゃったからよく覚えておるんじゃよ」

「特殊……？」

鈴が首を傾げると、道真が頷いた。

「うむ。たいていは皆合格を祈願する。その先のことはあまり考えてはおらん者がほとんどじゃ。じゃがこの大江孝子は合格を願うだけでなく、そのあと娘が楽しく短大に通えるようにと強く願っておったのじゃ。……ちと、私の得意分野とはズレておったからよく覚えておるのじゃ」

そう言って頭をかいている。

「楽しく……？」

意外な話だった。母は鈴が普通に学校へ行き、普通に就職することだけを望んでいると思っていた。楽しく短大に通えるようにと願ってくれていたなんて、夢にも思わなかった。

「楽しく通えるかどうかまでは……私にはどうにもできんからな。じゃがズレているからといって無下にできんほど、おぬしの母親の願う気持ちは強かった。だから私はとにかく勉学だけは楽しくできるようにと、ご利益を授けたんじゃよ。……その様子じゃと十分に効果はあったようじゃ」

からっぽになった皿を見て、うんうんと満足そうに道真は言う。

鈴の胸に不思議な色をした温かな何かが広がった。

たしかに鈴は短大でよく学んだ。興味がある授業をたくさん取り、多くの時間を学校の中で過ごしたのだ。サークル活動や飲み会など、いわゆるキラキラした学生生活ではなかったが、楽しくよく学んだという点では誰にも負けていないと思う。

鈴は口うるさい母の顔を思い浮かべていた。

『あなたのために言ってるの』

いつもそう言われていたが、鈴の心には響かなかった。

『嘘ばっかり！　本当は私が普通にしてないと恥ずかしいからでしょう？』

面と向かって言ったこともある。けれど思い返してみれば、本好きの鈴に国文科への進学を勧めたのは母だった。

「学問は学校に合格するためのものではない。世のため人のため、また本人が豊かな人生を歩むためにある。おぬしの母親はそれをよくわかっておるのじゃな。その思いを大切にするように」

鈴は今までとは違う母への思いが胸に広がるのを感じながら、ゆっくりと頷いた。

「……はい」


道真が滞在を終えて帰る日の朝、いぬがみ湯の庭には太郎と次郎、それから久しぶりに姿を現した白妙が集まっていた。

「何をおっしゃられても、来年も必ず来てくださいますから、大丈夫ですよ。鈴さま」

太郎が鈴を励ますように言う。

「毎年のことですから」

次郎がつけ足した。

「はいはいと聞いておけばいいんだよ」

白妙までそんなことを言っている。どうやら皆、道真が暴言を吐いて帰っていくことに、鈴が傷つかないかと、心配しているようだ。

「ありがとうございます。私は大丈夫です」

痩せ我慢でもなく、鈴は答えた。

道真が鈴が作った唐菓子を食べたあの夜から、鈴は毎晩道真に夜のおやつを持っていった。喜んでもらえた唐菓子や干し柿、かき氷など。なるべく平安の時代に好まれたものを鈴なりに調べて。

それ以外の部分では相変わらず叱られることも多かったが、理不尽に思えることでも不思議と腹は立たなかった。人にも厳しい道真だが、自分に一番厳しいのだということを知ったからだ。そんな道真だからこそ少しズレていた母の願いを無下にせず、叶えてくれたのだろう。

「道真さまは厳しい方でしたが、尊敬できる方でした」

鈴が言うと、白妙が目を細めた。

「鈴はえらいな」

ただそう言う彼は、しばらく見ないうちにげっそりとして元気がないように思えた。その様子に鈴の胸がチクリとする。

優しい彼は鈴と祖母の板挟みになり、心を痛めていたのだろう。長年夫婦として連れ添った祖母を彼は大切に思っている。一方で鈴が彼を好きなことにも気がついていただろうから、無下にすることはできなくて。

鈴は決意を固めていた。

失恋は、つらい。

でも自分には、やりたいことと進むべき道があり、助けてくれる仲間がいる。それこそ、今まで鈴が喉から手が出るほどほしかったものなのだ。それがあるのだから、大丈夫、乗り越えられるはず。

もうこの板挟み状態から白妙を解放して、祖母を安心させようと心に決めている。

道真が無事に帰ったら……

そのとき。

ちりんちりんと雅な鈴の音がして登山口からカッポカッポと豪華な牛車が下りてくる。道真の迎えだ。

太郎と次郎がシャキリとする。

すると建物からすっかり支度を整えた道真が出てきた。

「道真さま、この度はご滞在いただき誠にありがとうございました。またのお越しをお待ちしております」

鈴は彼に向かってお辞儀をする。太郎と次郎もぺこりとした。

「うむ……」

道真が頷くのを太郎と次郎が微妙な表情で見ている。〝こんな宿二度と来るか！〟という例の言葉がいつ出てくるかとびくびくしているようだった。

ところが、道真は何も言わずに扇で口もとを隠し牛車に乗り込んでいく。そして最後に小さな窓の御簾《みす》を上げて、ぽつりとつぶやいた。

「来年……また来る」

「「え⁉」」

太郎と次郎が声をあげて絶句する。

ちりんちりんと鈴が鳴り、牛車は登山口へ消えていった。

やりきった！　という思いで、鈴の胸がいっぱいになった。

来年もまた来るということは、少しはゆっくり過ごしてもらえたということだろう。

次はもっとたくさんのお菓子を振る舞えるよう勉強し、練習しておこうと決意する。

一方で、他の者は。

「あ、あ、あの道真さまが……！」

「……恐ろしや、天変地異の前触れか」

太郎と次郎が顔を合わせて真っ青になっている。白妙が嫌そうにふたりを見た。

「お前たち、縁起でもないことを言うんじゃない。すべて鈴の力だよ。鈴の真心が頑固ジジイを陥落させた」

「私の力じゃないです。いぬがみ湯の皆のおもてなしの心が道真さまに届いたんです。でもうれしい！　しろさま」

鈴は首を横に振った。自然と笑みが溢れる。

白妙がたまらないという顔になり、勢いよくガバッと鈴を抱きしめた。

「さすがは私の鈴だ！　よく頑張ったね」

「し、しろさま⁉　……ありがとうございます」

驚きながらも、鈴は久しぶりの彼の香りを顔を埋めて感じ取る。〝私の鈴〟と言ってくれたのもうれしかった。たとえこの愛が鈴が求める種類のものでなくとも、大切に思われていることは確かなのだ。今の鈴にはそれで十分だった。

「またうちの神さまは……」

「あれほど鈴さまに手を出してはならぬと、佳代さまに言われているのに」

太郎と次郎が後ろでひそひそと言っている。白妙が嫌そうに彼らを見た。

「だからずっと我慢しているだろう？　頭がおかしくなりそうだというのに。それにこれは祝いの抱擁だ。決してやましいものではない。ほら、あっちへ行け」

そう言って手でしっしとする。

やはり祖母は鈴と白妙のことを気にしていたのだ。けれどそんな事実にももう鈴は傷つかなかった。しじら織の浴衣の胸をそっと押して、大好きな満月色の瞳を見つめる。

「しろさま」

「ん？」

「私、正式におばあちゃんの跡を継ぎます。この場所で、神さまやお風呂に入りに来る人をお迎えするのが好きなんです。ずっとここの女将としてやっていきたい。しろさまはお認めくださいますか？」

言いながら心が澄んでいくような心地がした。自分の進むべき道が目の前にまっすぐに続いている。

「もちろんだ。ここの女将はもはや鈴しか考えられない」

大きくて温かい手が鈴の頬を包みこむ。目を閉じてその温もりに頬ずりをして鈴はまた目を開く。そして、言うと心に決めていたあの言葉を口にした。

「しろさま。私、しろさまをお慕いしています」

白妙が綺麗な目を見開いた。

「しろさまが大好きです。ずっとずっとおそばにいたい。お嫁さまになりたいです」

「鈴……」

何の脈絡もなく始まった鈴の告白に、白妙がやや戸惑っているのが伝わってきた。当然だ。いきなりなんだと思っているだろう。

でも、どうしても気持ちを伝えたかったのだ。実らない恋だとしても、どれほど彼を好きで感謝しているのかを知っていてもらいたい。

唐突な告白にすぐに反応しない白妙に間髪いれずに鈴は続ける。

「もちろんそれができないことは知っています。ただ気持ちを伝えたかっただけなんです」

優しい彼に、つらい言葉を言わせたくない。白妙が眉を寄せるのもかまわずに、鈴は次に言わなくてはいけない言葉を口にした。

「だからしろさまは、おばあちゃんと末永くいつまでも幸せな夫婦でいてください。私に気を遣ったりしないで。私はここの女将としての役割があればそれで――」

「ちょ、ちょっと待て鈴」

白妙が鈴の言葉を遮った。そしてごくりと喉を鳴らして問いかける。

「私と佳代が……な、なんだって？」

心底理解できないというように瞬きを繰り返す白妙に、鈴はもう一度、今度ははっきりと言う。

「しろさまとおばあちゃんは夫婦なんでしょう？　愛し合っているんですよね。でも大江家の娘である私が女将になったことで、しろさまの嫁が私になるかもしれないとおばあちゃんが不安になっている。それでしろさまと喧嘩になってしまった……私のせいで……」

そこで鈴は言葉を切って首を傾げた。

「しろさま？」

白妙が口もとを手で覆いただならぬ表情をしているからだ。

「どうしたんですか？」

白妙が深刻な表情で鈴を見た。

「私と佳代が愛し合っている、夫婦だと鈴はそんなふうに思っていたのか？」

「え？　違うんですか？」

「なんてことだ……」

白妙が目を閉じてつぶやいた。そして鈴の両肩を掴む。

「……っ⁉　しろさま？」

あまりにも真剣な表情の白妙に、鈴はごくりと喉を鳴らす。

「鈴、私はね」

——そのとき。

「ごめんください」

唐突に誰かの声がして口を閉じる。ふたりして振り返るとガサガサと草を踏む音がして登山口から誰かが降りてくる。

美しい刺繍が施された唐風の装束に前結びの帯、ツノのようなお団子頭、まわりをふわふわと羽衣が漂っている。鈴を見て「ああ、あんた」と言った。

一度だけ会ったことがある、弁天だ。

第七章　たくさんの愛

「弁天さま……」

突然現れた思いがけない人物に、鈴はしばし呆気に取られる。

「お久しぶりです。あの、どうかなさいましたか？　ご予約はなかったと思いますが……」

まさか予約を聞き落としていたのかとドキドキしながら尋ねた。

「ああ、予約はしてないんだけど、佳代が目を覚ましたと聞いたから、立ち寄ったんだよ」

その言葉に鈴はうれしくなって声をあげる。

「ありがとうございます！」

やはり神さまたちは厳しいことを言っていても心が温かい。こうしてわざわざ会いにきてくれるのだから。

「祖母も喜ぶと思います。お部屋も準備できますからお泊まりいただくこともできますが」

言いながらとりあえず、彼女を玄関の中へ案内する。白妙もついてきた。

「いや、今日は泊まらないで帰るよ」

そう言いつつ弁天は、建物をぐるりと見回した。

「うん、しっかりと掃除が行き届いてるね。空気が澄んでいるよ。前回とは全然違う」

その言葉にまた鈴はうれしくなる。でもすぐに気を引き締めて頭を下げた。

「先日は大変失礼いたしました」

「……あんたが頭を下げるということは、引き継ぐことにしたんだね？」

前回は答えられなかった問いかけに、鈴はしっかりと目を見て答える。

「はい。どうぞ今後ともご贔屓にしていただけると幸いです」

弁天がにっこりとした。

「なかなかしっかりしたではないか。前回からそんなに経っていないのに見違えるようだ。覚悟が顔に出ているよ。のう、白妙？」

弁天が白妙に同意を求め、白妙が頷いた。

「いぬがみ湯の自慢の女将だ。なんたってあの道真公から来年の予約を取りつけたのだから」

誇らしげに言う。鈴は慌てて彼を止めた。

「し、しろさま……！」

弁天が意外そうに目を開いた。

「あの頑固なジジイが？　……なるほど、よほどのことだねぇ。これは泊まるのが楽しみだ」

「はい。いつでもお待ちしております。先日の挽回をさせてください」

鈴が言うと、弁天が頷く。そこで何かを思い出したように、やや申し訳なさそうな顔をした。

「実は今日来たのはそのことなんだよ。あんたに謝らなくてはならない。いぬがみ湯は佳代が倒れてすぐに、私のところへ連絡していたようなんだ」

弁天が眉を寄せた。

そういえばいつかの日、太郎と次郎が祖母が倒れたことを弁天に知らせたと言っていた。それが伝わっていなかったから、鹿はいい加減だと言っていたのだ。

「その鹿が、少し前にようやく私のところへたどり着いたんだ。途中で怪我をして到着が遅れたと言っていた」

「そうだったんですか」

それならば仕方がないと鈴は思う。

弁天が忌々しそうに舌打ちをした。

「崖から転落したんだとさ、蛇が走っている足に絡みついたと言っていたよ」

「蛇が……?」

鈴の背中がぞわりとした。

「ただの蛇ではないだろう」

白妙が口を挟む。弁天が頷いた。

「ああ、鹿は私たちの遣い。その鹿の走っている足に絡みつくなど、ただの蛇には不可能だ。おそらくは……あやかし」

「この間、けんちゃんに取り憑いたようなものでしょうか?」

尋ねると、白妙が深刻な表情になった。

「……ああ」

「蛇は嫌いだ。神の遣いだなんていうけれど、奴ら隙あらば自分たちが神になろうと狙っているのさ。奴らを便利に使う者もいるけれど、私は嫌だ。絶対に鹿を使う」

弁天が吐き捨てるように言った。

「奴ら……?」

鈴がつぶやくと、弁天が答えた。

「くちなわ一族だよ。日本全国の神社仏閣の近くに宿をかまえて、人々が参りにくる手助けをしている。でも遣いにしちゃちょいと力を持ちすぎた」

「くちなわ……」

聞き覚えのあるワードだった。

「蛇のことだよ」

白妙が説明する。

「あっ！　くちなわリゾート開発！」

鈴は声をあげた。

「知ってるのかい？」

弁天の問いにカクカクと頷いた。

「そのくちなわリゾート開発の蛇沢喜一って人がここへ来たんです。おばあちゃんが倒れた次の日に」

血の気が引いていくのを感じながら鈴は早口で説明をする。

「いぬがみ湯を売ってくれって言ってました。母はその気だったんです。閉めるよりいいでしょって。それで私……私がやるって言って追い返したんです」

鈴の話に神さまふたりが難しい顔になる。

「なら話はややこしくなるね」

弁天がつぶやいた。白妙が同意する。

「鹿が襲われたのも、健太郎のことも偶然ではなさそうだ。佳代の代わりにいぬがみ湯をやる鈴を妨害しているのだろう」

「私の邪魔を……」

つぶやいて鈴はまたあることを思い出す。

「そういえば、りっちゃんがいぬがみ湯に来たのも、蛇……蛇のせいでお風呂が壊れたからだって言ってました……!」

「間違いない。奴らはここを狙っている。鈴を追い出していぬがみ湯を手に入れようとしているんだ」

白妙が低い声で言った。

「でも、どうして?」

鈴の疑問に答えたのは弁天だった。

「ここが白妙の縄張りだからさ。自分が神になりたくば、人々から尊敬され祀られなくてはならない。でもその道のりは長いからね、手っ取り早く誰かに成り代わろうという魂胆だろう。ここの地主神である白妙を追い出して、くちなわ神社でも作るつもりだろう」

「そんな……! そんなことできるんですか?」

鈴は青ざめた。ここから白妙がいなくなるなんて絶対に嫌だ。くちなわ神社なんて想像するだけでおぞましい。

「少なくとも奴らはできると考えているのだろう。白妙はこの通り呑気な奴だから。だからといって力が弱いわけではないけれど、蛇は知らないんだろうよ」

弁天の言葉に鈴は激しく首を振る。

「そんなの嫌です！　私、しろさまがいなくなるなんて嫌……！」

「大丈夫だ。私はいなくなったりしない。ずっと鈴のそばにいる。……村も、私が慈しみ守ってきた天河村を奴らに渡すなど絶対にありえない」

ふわりと白妙に抱きしめられた。

力強い言葉に鈴はホッと息を吐く。不安で荒れ狂う心の中の嵐が少しだけ凪いだ。

「弁天、佳代の見舞いはまた今度にしてくれないか。これから……」

そのとき番台の電話がジリリと鳴り、三人は注目する。胸騒ぎを覚えながら鈴は受話器を取った。

「はい、いぬがみ湯です」

《鈴？　私よ。お母さん》

「……どうしたの？　電話してくるなんて」

珍しいどころの話じゃない。初めてのことだった。さっき、蛇沢喜一の話をしたばかりだから、なんだか気味が悪かった。

《鈴に言っておかなくちゃいけないことがあるのよ。おばあちゃんのことなんだけ

「おばあちゃんの?」

鈴の胸がどきりと鳴る。なぜかとても嫌な予感がした。

《病院を変わることになったのよ。もっとリハビリ施設が充実した病院へ。今日転院するから、明日から見舞いに行ってもいないからね》

「待って、何それどういうこと⁉」

祖母がこの町の病院へ転院してから鈴は毎日お見舞いに行っている。昨日も話をしたけれど本人はひと言もそんな話はしていなかった。

《どういうことって、もっといい病院が見つかったのよ。ここからは遠いから滅多に会えなくなるんだけど、とってもいい環境なの。蛇沢さんが紹介してくださったのよ》

「蛇沢さんが⁉」

声をあげる鈴に、白妙が眉を寄せてこちらを見ている。

「お母さん、ダメ！　言うことを聞いちゃダメよ」

一生懸命に訴える。いつもの母ならこの辺りでムッとして言い合いになるところだが、今日は気持ち悪いくらいに穏やかだ。

《大丈夫、心配しないで。蛇沢さん、とてもいい方よ。今からでもいいぬがみ湯を買っ

てくださるって言うの。随分とお待たせしたのにねぇ。おばあちゃんが目を覚ましたから手続きを進めようと思うのよ》

鈴の背中を冷たい汗が伝い落ちる。いくら母がいぬがみ湯の件に反対しているからといっても、明らかにおかしかった。もしかして母は……

《今から出発するから、鈴はおばあちゃんにさよならも言えないけれど、おばあちゃんがしっかりとリハビリできるようにお祈りしててね》

その言葉を聞いて、鈴は勢いよく電話を切った。そして白妙を振り返る。

「し、しろさま、お、お母さんが……。お、おばあちゃんが……！」

唇が震えてうまく言葉が出ないけれど、それで白妙には伝わったようだ。

「弁天、見舞いはまた今度だ。鈴、行こう！」

そう言って鈴の手を引き庭へ出る。

さっきまで晴れていたはずの空は、まるでとぐろを巻いた蛇のような灰色の雲に覆われている。ぐぐぐ、ごごごと奇妙な音が響いていた。季節外れの冷たい風がびゅーびゅーと吹いている。

「し、しろさま、びょ、病院です……！」

ようやくそれだけ言えた鈴を素早く抱き上げ、白妙が黒い空に飛び上がった。

病院へは白妙とともに飛んでいったが間一髪だった。

エントランスで車椅子の祖母が母と一緒にいる蛇沢喜一に黒い車に乗せられそうになっている。祖母は抵抗しているが、まだ不自由な身体ではどうにもならないようだった。後ろで父と佐藤がオロオロしている。

鈴と白妙が駐車場に降り立つと蛇沢がこちらに気がついた。

「これはこれは、白妙さま」

一応神の遣いである彼は、神である白妙にへりくだって挨拶をする。それに答えることもなく、白妙は彼に手を向けた。

「佳代を離せ、大江孝子を解放しろ。私の村で勝手な真似は許さない」

銀色の髪が風になびき、目尻が赤く光った。翡翠《ひすい》色の光に蛇沢が包まれる。

「ううっ……」

うめき声をあげ、彼はその場で固まった。

「お母さん、おばあちゃんを離して！　おばあちゃんはどこへも行かせない」

そう言って鈴は祖母に駆け寄り、車椅子を母から奪おうとする。

「やめなさい、鈴！」

拒否する母と揉み合いになる。

「孝子！」

「佳代さん！」

父と佐藤が割って入って、なんとか祖母を母から引き離すことに成功した。

「どうして邪魔をするの！　私は鈴のために言ってるのに、どうしてわかってくれないの？　おばあちゃんがいなければ、あなたはいぬがみ湯を諦めて、ちゃんと就職するでしょう？　あなた！　なんとか言ってよ！」

母がずるりずるりと駐車場のほうへあとずさりながら、鈴と父を罵った。

シューシューと耳障りな音が混じる声だった。蛇のように目がキロキロと動いている。明らかに様子がおかしい母に、父が気がついた。

「孝子……お前」

「しろさま……」

鈴は白妙に助けを求める。白妙が手を向けて祝詞《のりと》を唱えると、すぐに母が声をあげる。

「ぐあああ！」

でも健太郎のときのように取り憑いているはずの悪き力は出ていかない。自分で自分を抱くように腕を身体に巻きつけて嫌だ嫌だと首を振っている。

「……ダメだ。悪き力に深く囚われすぎている」

白妙が苦しげに言った。

「あやかしの悪き力は人の不安な心に取り憑く。人は心が不安定であればあるほど、何かにすがるものだから。孝子の思いは長い年月蓄積されたもの。その分、何かにすがりたいという思いが強いのだ。彼女自身が蛇の力を離したがらないのだよ」

「そんな……！」

鈴は青ざめた。白妙でも解けないなんて、母はどうなってしまうのだろう。

「鈴……鈴……！」

白妙の緑の光を撥ね飛ばし、頭を抱えて母がぶつぶつと何かをつぶやく。

母の苦しみ、不安、悪き力にすがりたいくらいの不安定な思い……

「お母さん……」

鈴は胸が張り裂けそうだった。

「鈴のために……将来のために……」

そのうめき声を聞いた瞬間、鈴は地面を蹴り母のほうへ走り出す。

「鈴！　ダメだ！」

白妙の叫びを聞きながら、鈴は母に駆け寄って抱きついた。

「お母さん!!」

こんなふうにするのはもう何年振りかわからない。その温もりに顔を埋めて力の限り訴える。

「お母さん！　いつもいつも心配かけてごめんね！　私、もう大丈夫だから。私にもやりたいことが見つかったの。手を貸してくれる人もいる。自分の力で生きていくから……！　お母さんはもう心配しないで！」

母の心を支配するのは鈴への思いだ。

鈴の将来を不安に思い苦悩する心が、悪き力を引き寄せた。それを愚かだとは思わない。その奥底にあるものが、深い愛情だということを鈴はもう知ったから。

「お母さん、私が短大に楽しく通えますようにって、道真さまにお願いしてくれたんでしょう？　私、お母さんの願い通り楽しくたくさん勉強したよ。それが今役に立ってるの。ありがとう、ありがとうお母さん」

「鈴……鈴、す……ぐあああ！」

母が雄叫びをあげて苦しみだす。

「お母さん！」

大きく開いた口から大量の蛇がにょろにょろと出ていって、身体からがくりと力が抜ける。

「孝子!!」

父が駆け寄り母を支えた。鈴はホッと息を吐く。

――でもその瞬間。

「鈴!!」

白妙の声と同時に、強い力で両親から引き離された。

黒いにょろにょろとしたものが、両手両足に絡みつく。それらにぐんぐん引っ張られて病院の三階の高さまで引き上げられた。

いつの間にか、すぐそばに蛇沢喜一がいる。後ろから鈴を抱えて、首に手を当てていた。彼の指の先端は小さな蛇になっていて、それが口を開け今にも鈴の首に噛みつこうとしていた。

「鈴!! 皆、下がれ!」

白妙が鈴を追いかけるように駐車場の真ん中へ駆け出してきた。緑の光を帯びた手をこちらに向けている。その白妙に蛇沢が鋭く言い放った。

「この牙が刺されば、どんな生き物も一瞬で絶命する。少しでも動けばこの娘は死ぬ。その手を下ろせ、白妙」

「……鈴を離せ、お前の狙いは私だろう」

白妙が奥歯を噛み締め、言われた通りに手を下ろした。

「その通りだ、白妙。天河山の地主神の座を譲ってもらおう」

蛇沢の言葉は、ごうごうと音を立てて吹く風の中でもよく響いた。

騒ぎに気がついて集まってきた人々が、とぐろを巻く雲を背に囚われている鈴を見て息を呑んでいる。彼らに向かって蛇沢がねっとりとした声音で語りかけた。
「ごきげんよう村人たち。今日から白狼に代わり、我がくちなわ一族が地主神として
この地を治める。呑気な力のない狼など崇める価値はないだろう？　我が一族が地主
神となれば、ここにレジャー施設を誘致して、高級旅館をいくつも建て、全国に名の
通った観光地にしてみせよう。お前たちには豊かな暮らしを約束する」
いつの間にか道や建物の影や木々の間から、無数の蛇が覗いている。くちなわ一族
の仲間だろうか。
群衆が不安そうにざわざわとした。
鈴は〝呑気な力のない狼〟という言葉にカッとなった。
「嫌よ、天河山の地主神さまは白妙さまだけ。いつだって村を守ってくださって、私
たちの幸せを願ってくださったのは白妙さまなんだから！」
「黙れ小娘」
蛇沢の指が鈴の首に食い込んだ。
「鈴!!　やめろ、蛇！　やるなら私をやれ。鈴を傷つけるな！」
白妙が叫ぶ。こんなに余裕のない表情の彼は初めてだった。
そのとき。
「す、鈴ちゃんの言う通りだ」

「そうだ、鈴ちゃんを離せ！」

集まった人たちの中から誰かが叫んだ。

「その娘は村の大切な子だ。出ていけ蛇！」

「地主神は白妙さまだけだ！」

皆口々に〝蛇はいらない、出ていけ〟と叫びだす。

鈴の視界が滲んだ。

呑気な地主神の白妙は、たくさんの願いを叶えてくれるわけではない。けれど、穏やかで幸せな暮らしをずっとずっと見守っていた。彼の村を慈しむ心は、人々にしっかりと届いている。見せかけの豊かさなど必要としていない。

「ぐぬぬぬぬぬぬ！　なぜだ！　なぜわからぬか、愚かな人間どもめ」

蛇沢が唸った。もし白妙を追い出せても、人々に拒否されて信仰を集められなければ地主神に成り代わることはできない。

「くそうっ！」

蛇沢が地団駄を踏むと、とぐろを巻いた灰色の雲から赤く光る何かが降り注ぐ。一直線に地上の人々に向かっていく。

だがそれは地上に落ちる前に白妙が放つ緑の光にかき消された。

「お前などに、この村を傷つけさせはしない」

銀色の髪をなびかせて白妙が静かに言い放つ。

指一本動かさずに光線をすべて跳ね返されて、蛇沢が拳を握りしめた。呑気にしているように見えて力では敵わないのだということに、ようやく気がついたようだ。

「くそう！　くそう！」

蛇沢はやたらめったら光線を放つ。

しかしすべて跳ね返されて、いら立たしげに鈴を睨み、頬をバシンと引っ叩いた。

「つっ……！」

火花が散るような衝撃に、鈴の頭がくらくらとする。

「鈴!!」

白妙が顔色を変えて叫んだ。

「蛇！　鈴を離せ！　傷つけるな！」

その様子に蛇沢が腕の中の鈴と白妙を見比べて、ニヤリと狡猾な笑みを浮かべた。

「ほう、なるほど、なるほど。そのようなお前は初めて見る。こいつはお前の特別な娘か。宿の娘を嫁にするという話は本当だったのだな？　……これはこれはおもしろい。白妙、この娘を無事に返してほしくば、何があっても動くな。我の攻撃を跳ね返すことも許さぬ。いいな？」

言うと同時に、赤い光線が白妙を目がけて飛んでいく。次の瞬間、彼の肩から血が散った。

「しろさま！」

鈴は悲鳴をあげる。

光線は一発ではなかった。いくつもいくつも繰り出され、動かない白妙を傷つけていく。頬に、腕に、背中に。足を三度傷つけられて、ついに彼はその場に膝をついた。

「やめて！　やめて！　お願いこんなことしないで！　しろさまが何をしたっていうのよ。何もしていないじゃない」

泣きながら鈴は蛇沢に懇願する。彼はただ静かで平和な村を温かく守ってくれていただけなのだ。ここまでされるいわれはない。

「だからだ！」

蛇沢が答えた。

「奴はいつも呑気にひょうひょうとしておるだけなのに、どうして祀られる？　人々の信仰を集めるのだ？　神になれるのだ？」

要するに妬ましいのだ、と鈴は思った。人に慕われて大切にされている白妙が。

その予想を裏づけるように蛇沢は白妙を傷つけていく。そして心底愉快そうに笑った。

「いいざまだな、白狼！　正気か？　こんな小娘のためにやられるのか？　神さまが」

光線に頬を切られ血を流しながら白妙が口を開いた。

「鈴は私の嫁だ。この身に代えても守ってみせる」

そう言ってまっすぐに蛇を睨む。

「しろさま」

鈴の胸が焼けるように熱くなった。目から涙があとからあとから溢れ、頬を伝う。今この瞬間に毒蛇に牙を突き立てられても悔いはない、そんな気持ちになる。

愛する人のお嫁さまに、一瞬でもなれたのだから。

「愛おしい鈴のためならば、どのような目に遭おうともかまわない。さあ、蛇よ、気がすむまでやるがよい」

平然と言い放つ白妙に、蛇沢がきー！　と声をあげて光線を繰り出した。

「やめて!!　しろさま！」

──吹き飛ばされた白妙はコンクリートに倒れ動かない。

鈴の胸は潰れそうだった。彼は鈴のために指一本動かさなかったのだ。

白妙はどうなってしまうのだろう。愛する人がこんな目に遭うなんてとても耐えられない。自分が同じ目に遭うほうが何十倍もマシだった。

蛇が笑い出した。

「いいざまだ！　いいざまだ！」

でもすぐに、笑いを引っ込めてつまらなそうに鼻を鳴らした。

「このような田舎……いらんわ」

「だったらさっさと出て行けばいいじゃない」

鈴は低い声でつぶやいた。

怒りを抑えられなかった。こんな男、白妙がいなくとも神さまになどなれるはずがない。神さまは皆、心が温かいものなのだ。

蛇沢が腕の中の鈴を好色な目で見て、チロチロと赤い舌を出した。

「ふん、生意気な娘だ。……だがそうだな、たしかによく見るとなかなかこれは……。奴がこれほど執着してる娘だ。おいお前、つれて帰って八十八番目の嫁にしてやろう」

そう言ってニヤリと笑う。鈴の背中を冷たい汗が伝い落ちた。

「い、嫌……離して！」

「おとなしくしろ」

「絶対に嫌……！」

反射的に身をよじり、蛇沢と揉み合いになる。彼を押して鈴の首から彼の手が離れたその瞬間、ひゅっという風の音がした。

蛇沢が吹き飛ばされ、鈴は強い緑の風に包まれた。反射的に目を閉じる。

次に目を開けた時には白妙の腕の中だった。

「しろさま……!!」

血のついた彼の胸にしがみつくと、力強く抱きしめられる。鈴は無我夢中でしがみついた。

「しろさま、しろさま！　大丈夫ですか⁉」

「ああ、あんなものなんてことはない。もう大丈夫だ。怖い思いをさせたね」

優しい声音に、鈴は心から安心する。

「ややややはり、偉大なる白妙さまは、呑気にしておいでても力はお強いのですね。いや、素晴らしい。ひ、ひー！　お、お、お許しを！」

吹き飛ばされた衝撃で、蛇沢がコンクリートに這いつくばる。白妙との力の差を理解し、切り札である鈴を失い真っ青である。

「馬鹿を申すな、ここまでやっておいて許すわけがないだろう？　神の遣いとして存在することを許されている蛇が、神に刃向かうとは何ごとだ？」

「き、気の迷いです、間違いです……！　白妙さまのお傷が癒えるまで私なんでもしますから……！　くちなわ一族の総力を挙げて看病させていただきますから……！」

蛇沢が苦し紛れに言う。

「わかっておらぬな。お前の罪は私を傷つけたことではない。こんなものはなんともない」

「は？　え？　……では何が？」

蛇沢が首を傾げる。白妙が腕の中の鈴をギュッと抱きしめ、蛇沢を一喝した。

「鈴を引っ叩いたことだ！　鈴に怖い思いをさせたことだ！　鈴を嫁にするなどと、だいそれたことを口にしたことだ‼」

「…………え？　そ、そんなに？」

首を傾げる蛇沢に、白妙は手から緑の光を繰り出す。

ぼん！　と音がして蛇沢がカエルの姿になった。黒くて変な模様でヒョロヒョロとした、なんだか奇妙なカエルだった。集まっていた人たちから、くすくすと笑い声が漏れた。

蛇沢カエルは何が起こったのかわからずにしばらく首を傾げていたが、自分の手や足を確認して、ようやく理解する。

「ぎゃー！　カ、カエルなんて嫌だ……！」

それはそうだろう。カエルは蛇の食料だ。しかも。

「向こう百年間その術は解けぬ」

白妙がカエルを引き寄せ、足を持つ。そしてぶんぶんと勢いよく回す。

「くちなわ一族のもとへ帰してやる」

「え⁉　そ、そんな……！　お、お許しを、白妙さま。それだけはご勘弁を！　こ、こんな姿で帰ったら……！」

あわあわと言うけれど、白妙のぶんぶんは止まらない。そして十分に勢いがついたところで、ぽーんと空へ放り投げた。

「ダメ、食べられちゃう～！」

叫びながらカエルは空へ消えていった。

「これくらいで許してやるんだ。優しい方だろう」

つぶやいて白妙が鈴を抱いたまま、地上に降り立つ。鈴はすぐに両親のところへ駆け寄った。母はまだぼんやりして、目の焦点が合っていなかった。

「お母さん……」

「大丈夫だ。いずれは正気になるだろう。だがあれだけ深く囚われていたのだ。しばらくかかる。宗一郎、支えてやりなさい」

白妙の言葉に父が頷いた。

鈴はホッと息を吐く。いつだって父は母の味方だった。それを歯がゆく思うことも多かったが、今はそれが心強い。

「鈴、よくやったね」

声をかけられて振り向くと佐藤がハンドルを握る車椅子に祖母が座っている。複雑そうな表情だった。

蛇沢に向かって白妙が〝鈴は自分の嫁だ〟と宣言したのだ。今だって白妙は後ろから鈴を抱いて離さない。

もう言い逃れできなかった。

さらに蛇との戦いを終えて、鈴の気持ちも変わっている。

白妙は鈴を嫁だと明言した。非常時に出た言葉だとはいえ、彼も鈴を嫁として迎えるつもりでいてくれているのだろう。それを知ってしまった今、忘れようと思っていた鈴の思いがまた息を吹き返してしまった。

「おばあちゃん、ごめんなさい……！」

白妙の腕から抜け出して、鈴は祖母の膝に顔を埋めた。

「鈴……」

「ごめんなさい、私……白妙さまを好きになってしまったの」

祖母が悲しそうに目を閉じる。

「ああ、ついにその言葉を言ってしまったね」

鈴は顔を上げて訴えた。

「本当にごめんなさい。おばあちゃん、私……私も白妙さまのお嫁さまになってもいい？」

　これが鈴の出した答えだった。白妙が鈴を嫁だと宣言したのを不誠実だとは思わない。彼にとっては、そうするのが当たり前のことだからだ。古来より神さまは複数の妻を持つことが多い。

「私、できるだけおばあちゃんと白妙さまの邪魔はしません。おばあちゃんのことも大切にします。だから――」

「ちょ、ちょ、ちょっと待って鈴」

　そこで、祖母に遮られて口を閉じた。

「わ、私と白妙さまが……なんだって⁉」

　怪訝な表情で尋ねられて、また口を開く。

「だからおばあちゃんと白妙さまは夫婦なんだよね？　でも白妙さまは神さまだから、もうひとりお嫁さんを迎えることができるでしょう？　だから私は二番目のお嫁さまに……」

「鈴……それはひどい誤解だ」

　鈴の後ろで白妙が脱力した。

「私と佳代の間に何かあるなんて、どうしてそんなことになる。そんなの想像しただけで……！」

そこで言葉を切ってぶるりとする。

祖母がじろりと彼を睨んだ。それはこっちのセリフだと言わんばかりの表情だが、地主神相手にさすがに口には出さない。そして鈴に視線を戻した。

「そんなふうに思っていたなんて……つらかっただろう。安心をし。そんなことは絶対に！　ありえないから」

〝絶対に〟のところに力を込めて祖母は言う。

「わかったね？」

なんだか鬼気迫るその様子に、鈴はこくこくと頷いた。

「ならおばあちゃんは、どうして私にいぬがみ湯のことをずっと秘密にしていたの？　私が後継になるのに反対だったの？　……それにしろさま、おばあちゃんと話をしてからずっと様子がおかしかった。あれは……？」

白妙と祖母どちらともなく問いかけると、白妙がじろりと祖母を見る。祖母はふうっと息を吐いて目を閉じて、しばらく考えてから口を開いた。

「それを説明するには、初めから話をしないといけないね」

久しぶりに足を踏み入れたいぬがみ湯の玄関を、祖母は目を細めて眺めている。

「おばあちゃん、帰ってこられてうれしい？」

「ああ、掃除が行き届いていて空気が澄んでいる。よくやってるね、鈴」

その言葉に、鈴はこれ以上ないくらいにうれしくなった。

落ち着いて話をするため、鈴と白妙と祖母、祖母のつき添いとして佐藤の四人はいぬがみ湯にやってきた。祖母にとっては一時的な外出だから、夕方までに病院へ戻らなくてはならない。

それでも鈴は、祖母がこの場所へ帰ってきたのがうれしかった。

まずは白妙の怪我の手当てからだと、一行は休憩処へ移動する。長椅子に座る白妙の身体にできた傷を、鈴は濡れた手ぬぐいで拭いていく。

血は止まっているけれど、痛むようで白妙が顔を歪めた。

「しろさま……。私のために」

鈴の目から涙が溢れる。彼の浴衣についている、たくさんの血がつらい。

こんな傷くらいは大丈夫だと彼は言った。実際そうなのかもしれないが、だからといって痛まないわけではない。

「鈴、泣かなくていい。こんなもの鈴が傷つくことに比べたら、なんてことはないんだから」

白妙がそう言って、涙に濡れる鈴の頬を両手で包んだ。

「こうやって、鈴の目を見ているだけで私はすぐに元気になる」

親指が優しく涙を拭った。満月色の目がゆっくりと近づいて……

「ごほんごほん！」

ややわざとらしい祖母の咳払いにぴたりと止まる。白妙が舌打ちをして、鈴の頬を解放した。

「まずは話からですよ、白妙さま」

祖母がじろりと彼を睨み、鈴が淹れたほうじ茶をずずずと飲んで話し出した。

「ここがいぬがみ神社から宿に変わったいきさつは、鈴も知っての通りだね？　私の祖父の代だったんだが、まぁ、お爺さんからしてみれば、『大江家の娘は白妙さまの嫁になるという約束』は神社でいう巫女みたいな感覚だったんだろうけど、いいめいわ……ごほん、本人の意思を無視した約束だ」

「私が望んだわけではないよ、鈴」

白妙が口を挟んだ。

「あいつは、鹿助《しかすけ》だったか熊吉《くまきち》だったか……うん熊吉だな。熊吉が白妙さまもいい歳だから嫁取りするべきだとかなんとか言ってやけにはりきっていたんだよ。……で、自分に娘が生まれたら嫁にやると勝手に決めたんだ。特に断る理由はなかったから私はそれを受けたんだが、肝心の娘が……」

そう言って祖母をちらりと見る。

「私の母だけど、合わなかったんだよ。白妙さまとは性格が。大江家は女がしっかりしてるのが血筋だからね」

　祖母が顔をしかめる。その様子を見て白妙は肩をすくめた。

「で、お互いに合意の上で許嫁の約束はなしにした。そしたらその熊吉の娘が婿取りをするときに、自分に娘が生まれたら嫁にやると。特に断る理由はないから、私はそれを受けたんだ」

「迷惑な話だよ！　生まれたときから結婚相手が決まっているなんて、こんなひどい話はない。それで私は都会へ出てひとりで働いていたというわけだ」

　やや感情的になって、祖母が言った。

「でも、村の人たちはおばあちゃんとしろさまは夫婦だと思っていたみたいだけど」

　鈴が言って佐藤を見ると彼は頷いた。祖母は小さく息を吐いたあと、首を縦にゆっくり振る。

「そのほうがありがたかったからさ。都会で私は結婚できない男との子を身ごもった。戻ってきたはいいけれど、あれこれ言われるのは目に見えていたからね。地主神さまの嫁だと思われていれば、表立っては何も言われない。だからその誤解を利用させてもらったというわけだ。強く否定しないでくださった白妙さまには……感謝しているよ」

最後はやや小さな声で祖母は言う。そして続きを口にする。

「私の子は男の子だったから、そこで白妙さまと大江家の約束ごとはなかったことになったと私は思っていた。白妙さまもそのおつもりだったはずだ。だがそこで……」

そう言って残念そうに目を閉じて口も閉じた。

「鈴が生まれたんだ」

弾んだ声で白妙があとを引き継ぐ。

「ひと目見た時に、この娘は特別だと思ったよ。鈴は誰よりも清い心を持っている。私はそのときに、鈴を嫁にすると決めたんだ」

にっこりとして彼は言う。

「う、生まれた時に⁉」

鈴は目を丸くした。白妙は頷いて口を開く。

「もちろん成長する鈴を見ていて、確信を深めていったんだけどね。鈴は私が思った通り正直で優しい、いい子に育った。佳代や佳代の母親とは水と油のようだったから、大江家の娘を嫁にできるという約束など不要だと思っていたけれど、約束しておいてよかったとこのときばかりは思ったよ。……それなのに」

白妙が祖母を睨んだ。

「佳代が鈴を嫁にくれないと言ったんだ」

「あ、当たり前じゃないですか！　生まれたときから結婚相手が決まっているなんて、こんなにかわいそうなことがありますか⁉　しかも相手が、相手が……！」

祖母が額に青筋を立てた。

「鈴は鈴で佳代は佳代だ。佳代が嫌だったからといって、鈴もそうとは限らない」

「鈴は素直ないい子ですから、地主神さまから言葉巧みに嫁になるのだと言われたら、そんなものかと従ってしまいます。本心はどうだとしても！　げんに私が倒れている間に言いくるめたではないですか！」

「言いくるめたのではない。自然の成り行きだ！」

ぎゃあぎゃあと言い合って両者は睨み合う。バチバチと火花が見えるようだった。

「佳代さん……！　あ、相手は地主神さまですよ！」

佐藤が小声でたしなめてもおかまいなしだった。

「とにかく！　かわいいかわいい私の鈴には幸せな結婚をしてほしかった。だから私は、鈴になるべくこの村から出てほしいと思っていたんだよ。わかってくれるね？　鈴」

何やら鬼気迫る祖母の訴えに、鈴はこくこくと頷いた。

白妙が口惜しそうに口を開く。

「鈴が二十歳になるまでは姿を現さないと、約束させられたんだ。しかも鈴から私を好きだと言うまでは、嫁の話は一切するなと言うんだよ」

　理不尽だというように口を尖らせている。

　だから白妙は鈴に嫁の件を一切何も言わなかったのか。態度では示していると律子には言われたけれど、たしかに彼は嫁のよの字も言わなかった。

「佳代が目を覚ましたのはよかったけど、……あのあと、鈴に近づけなくなったのはつらかった」

「それもおばあちゃんが……？」

　どちらともなく鈴が尋ねると、白妙が忌々しそうに頷いた。

「鈴が女将をすることに賛成する代わりに、自分が退院するまでは鈴に指一本触れるなと言うんだよ……。鈴に女将の素質があることは十分わかっているはずなのに、それに条件をつけるなんて性格が悪……。でも頑張る鈴にとって佳代の賛成はどうしても必要だろうし、私は涙を呑んで耐えたんだよ」

　そう言って優しい眼差しを鈴に向ける。でもすぐに、がっくりと肩を落とした。

「とはいえ、あれはつらかったな……」

「当たり前じゃないですかっ！　私が倒れている間に勝手に鈴に会うなんて！」

「でももう二十歳を過ぎたじゃないか、約束は果たしたはずだ！」

　またぎゃあぎゃあとやり合うふたりに、鈴は力が抜けていく。

「そうだったんだ」

白妙が病院に行ったあの日、てっきりふたりは鈴のことで喧嘩をしたのだと思っていた。いや、たしかに原因は鈴のことだったけれど、思っていたのとは違っていた。

「おばあちゃんは、私がしろさまのお嫁さまになるのは反対？」

思わずそう口にすると、ぎゃあぎゃあが止まり祖母がこちらを見た。

白妙と祖母の間に何もなかったことには安心したが、祖母に反対されたままで嫁になるのはつらい。今も昔も鈴にとっては、大好きなおばあちゃんだ。

祖母はしばらく考えるように瞬きをして、白妙と鈴を交互に見ていたが、やがて深い深いため息をついた。

「白妙さまは私とは合わないだけで、村を守ってくださる……ありがたい方だ。それに、私は私で鈴は鈴だ。鈴が心の底から白妙さまを好きなのなら……反対はしないよ」

ありがたい方だという部分だけやや小さな声で祖母が言った。

「おばあちゃん！」

鈴は祖母の膝に駆け寄り顔を埋める。小さいころからずっと大切に愛してくれた祖母に認めてもらえたのがうれしかった。

「ありがとう、おばあちゃん」

「幸せにおなり、鈴」

鈴の頭を優しくなでてから、祖母が白妙に厳しい視線を送った。
「白妙さま、鈴を大切にしてくださいよ。白妙さまにとって鈴が特別なのと同じように この子は大切な宝物だ」

「私は鈴を唯一無二の嫁とし、大切に慈しむことを約束する。神さまは嘘をつかないよ」

白妙がしっかりと答えてから、ため息をついた。

「それにしても、こんなに嫁取りに苦労する神が古今東西いただろうか。私も鈴の気持ちを大切にしたかったから待っていたが、もし鈴に好きな男でもできたらどうするんだと気が気じゃなかったよ……。短大へ通うために下宿していた時期は、不安で不安で仕方がなかった……」

やれやれと言うように首を振っている。

「ちゃちゃに見張らせていたくせに」

「自分もしょっちゅう鈴さまの下宿に行っていたくせに」

「全然タイル画にいなかった」

ヒソヒソとそんなことを言う声が聞こえてきてそちらを見ると、いつの間にか太郎と次郎が姿を現していた。

「たろちゃん、じろちゃん！　ちゃちゃが私の下宿に来ていたの？」

鈴が目をパチパチとさせ首を傾げると、ふたりが揃ってこくんと頷いた。

「鈴さまの下宿に張りつかせておりました」

そういえば、下宿先にもちゃちゃそっくりの野良猫がいたことを思い出す。帰りが遅くなったときは、いつの間にか近くにいて家までの道のりを一緒に歩いてくれた。

「あれはちゃちゃだったの……？」

唖然として、白妙を見ると彼はにっこりと頷いた。

「鈴が危ないめに遭わぬようにな」

「しろさま……」

自分の知らないところでそこまでしてくれていたなんて、と鈴の胸がじーんとなる。

でも太郎と次郎の見解は違うようだった。

「鈴さまに、彼氏ができないように見張っていたんだ」

「近づこうとする男をことごとく排除していた」

「もう、あっちへ行け」

白妙がうっとおしそうに手でしっしとすると、二匹は白妙に向かってべっと舌を出してから、どろんと消えた。

「あいつら私とではなく、佳代と主従関係みたいなもんなんだ。佳代が見ていない間に、私と鈴が仲よくしないか見張っていた」

白妙が顔をしかめた。

「……でもそれももうおしまいだ」

そう言って祖母にくっついたままの鈴をひょいと自分の膝に抱えて、そのまま長椅子に座る。

「し、しろさま⁉」

戸惑う鈴に問いかける。

「鈴、私の嫁になってくれるね？」

満月色の瞳でジッと見つめられて鈴はドキドキしながら頷いた。

「はい」

「ああ、うれしいなぁ！　これからはいつだって堂々と一緒にいられるんだ」

白妙が鈴に頬ずりをした。

「また今日から一緒に寝ようね。ふふふ、今夜は私は狼の姿にはならないよ……」

さらには何やら意味深なことを言う。

「え？　ど、どうしてですか⁉」

鈴は目を丸くして尋ねるが、彼はにこにこするばかりである。

祖母が額に青筋を立てて声をあげた。

「白妙さま‼　正式に婚礼を挙げるまでは、手を出さないでくださいよ！　これは神さまの世界のしきたりです。引き続き太郎と次郎に見張ってもらいますから。太郎、次郎、わかったね？」

するとふたりは再び姿を現し、「「かしこまりー！」」と祖母に向かって頭を下げて、どろんと消えた。

「そんなしきたりあったかな……」

白妙がつぶやいた。

「まったく、太郎と次郎がいなけりゃ、どうなっていたか。私がいなくなったらすかさずだからね」

祖母がぶつぶつ言っている。

「おばあちゃん。おばあちゃんがいつでも帰ってこられるように、私準備して待っているから。早く退院してね」

太郎も次郎も鈴も、それからおそらく白妙もそれを望み楽しみに待っている。けれど祖母は、少し考えて首を横に振った。

「……私はもうここには帰らない。ここは私の居場所じゃないからね。女将は鈴だ。私がいても邪魔になるだけだ」

「え……？　でも、おばあちゃんの家はここなのに。リハビリが終わったらここへ帰ってくるんじゃないの?」

鈴は目を見開いた。

「リハビリをして動けるようになっても、ここへ佳代さんが戻るのはちょっと難しいよ、鈴ちゃん」

佐藤が口をはさんだ。

「実はね……その。私の家に来てもらおうかと話しているんだよ。私の家は、亡くなった両親のためにバリアフリーにしてあるし、今はひとり暮らしで部屋も十分にある」

佐藤は幸せそうに、にこにこ笑って言う。

「町長さんのお家に?」

唖然として鈴は聞き返す。

でも、そういえばと倒れたときのことを思い出していた。祖母が目を覚ましたら今度こそ気持ちを伝えると言っていた。

「ま、まぁ、リハビリはまだ続くし、まだまだ先のことだけどね」

そう言う祖母も幸せそうだ。

白妙と祖母が夫婦だと思い込んでいた鈴はすっかり忘れていたけれど、元々佐藤はよくいぬがみ湯に来ていて、ふたりは親しげに話をしていた。いつの間にかそういう話になっていたのだ。

　いぬがみ湯は古くて祖母にとって住みにくいというのも、言われてみればその通りだった。そもそもここは村の中でも坂を上り切った場所にあるし、建物の中は段差だらけなのだから。

　でもだからといってすぐには納得できなかった。また番台に座る祖母を見られると思っていたのに。

「おばあちゃんが帰ってくるのを楽しみにしてたのに……」

　眉を下げて鈴が言うと、祖母が真面目な表情になり、車椅子をキコキコとさせて鈴の近くにやってきた。

「そんな顔をするんじゃない。私は近くにいるし、鈴が困ったときは前女将として役目を果たすつもりだよ。だけどこの場所は、鈴の場所だと自覚しなけりゃいけない。掃除がこんなに行き届いていて、ここまで空気が澄んでいるのは、あやかしたちが鈴に従っているからだろう？」

「あやかしたちが……」

　つぶやいて休憩処を見回すと、ぴかぴかの床の隅っこに、てててたちが集まってこちらの様子を窺っている。窓ぎわの長椅子では崔老師が、ちらちらとこちらを見ていた。

そうだ、今の女将は私なのだ。

祖母がここにいることで、ただの孫のような気持ちになっているけれど、それではいぬがみ湯はやっていけない。

そのことをしっかりと胸に刻み込み、鈴は祖母をまっすぐに見た。

「わかった、おばあちゃん。私、しっかりやります。だから安心してリハビリしてね」

「うん、頼んだよ」

頷いて、祖母が目尻の涙を拭いた。

日が傾いた天河村を横目に小豆色の暖簾《のれん》をかけると、待ちかねたように客たちがぞくぞくとつめかける。

「こんにちは、鈴ちゃん」

「いらっしゃい、おばさん」

「おう！　鈴ちゃん、随分と涼しくなったねぇ」

「そうですね、おじさん」

いつものように番台に座り、鈴は客たちを迎える。皆見知った顔ばかりだ。でも今日はその中に、初めての客がひとり混ざっていた。

その客は恐る恐るといった様子で暖簾《のれん》をくぐり、気まずそうに番台まで来てちゃりんと賽銭箱《さいせんばこ》に小銭を入れる。そして鈴が何か言う前に、そそくさと渡り廊下のほうへ向かった。

母、孝子だった。

声をかけようとしたとき、次の客が暖簾《のれん》をくぐってきた。

「鈴ちゃん、こんにちは！」

豆腐屋の女将だった。隣は三丁目の山田だ。小さな女の子を抱いていた。

山田は豆腐屋の女将が言った通り、騒動があったあとも変わらずにいぬがみ湯にやってくる。相変わらず愚痴は多めだが、律子の話だと、最近では口うるさく言いながらも、あれこれと手助けをしてくれるようだ。

「いらっしゃい、おばさん。山田さん、その子は？」

尋ねると彼女は得意そうにした。

「孫だよ。ここで売ってるジュースが飲みたいって言うもんだから連れてきた」

いぬがみ湯には小さな子のために、天河村の小さなスーパーでは売っていない赤ちゃん用のジュースを置いてある。

「高倉まで買いにいくのは骨が折れると嫁が言うから、連れてきてやったんだよ。本当はジュースなんて我慢させればいい話なんだけど」

そう言う山田の隣で豆腐屋の女将が呆れたような声を出した。

「素直に一緒に行きたいって言えばいいのに。こりゃお嫁さんも大変だ」

鈴は山田が差し出す百円玉を受け取り、ジュースを女の子に持たせた。

「お風呂からあがったら飲んでね」

「あーい！」

きちんと返事をするのが可愛かった。

「ゆっくりしていってくださいね」

声をかけると三人は連れだって大浴場のほうへ歩いていった。

一連のやり取りを渡り廊下に立ち止まり母はジッと見ていたが、鈴と目が合うとくるりと方向転換して大浴場へ行ってしまった。

風呂からあがっても母は家に帰ろうとしなかった。休憩処の番台が見える位置に座りずっと鈴を眺めていた。

鈴は少し居心地が悪いなと思いながらいつものように仕事をした。

六時過ぎ、律子たちがやってきた。意外なことに今日は健太郎も一緒である。拓真を肩車していた。

「りっちゃん、けんちゃん、たっくん、いらっしゃい」

鈴が声をかけると律子がニカッと笑った。

「今日は三人で来たの？」

「うん。健太郎の奴、また赤暖簾《あかのれん》にご飯を食べにきてたんだよ。で、拓真がどうしても一緒に行くって言うから、連れてきたんだ」

最近、健太郎は赤暖簾《あかのれん》に行くことが増えたという。そしてその健太郎に、拓真がすっかりなついているのだ。

「拓真に誘われたら断れないから来たんだけど、俺、ここの風呂はちょっと怖いんだよな……」

そう言って情けないように眉を下げる健太郎に、鈴はくすくす笑ってしまう。大浴場に白妙が描かれているからだろう。小さいころに鈴をからかって夢の中で叱られたことが忘れられないのだ。

「大丈夫よ、けんちゃん。たぶん今は白妙さま、タイル画にいらっしゃらないから。この時間くらいから……」

と、そこで。

「鈴と一緒に番台で客を迎えることにしているのだ」

いつの間にか白妙が鈴のすぐ後ろにいる。健太郎を牽制するように、鈴の後ろから腕を回した。

「げっ！　あ……いや……こんばんは、白妙さま。……そうですか。……それでは」

健太郎はもごもごと言って、そそくさと大浴場へ行ってしまう。

律子と拓真が不思議そうに首を傾げた。

そのあとも、閉店時間になるまで母はずっと働く鈴を見ていた。すべての客が帰り暖簾《のれん》を下ろすとき、こちらへやってきた。でも何も言わずに番台を通りすぎ、玄関の上り口に背を向けて座る。

その背中がわずかに震えていた。

「お母さん」

鈴が呼びかけると、母は顔を覆った。鈴は番台から下りて歩み寄る。

「お母さん……」

母が掠れた声を漏らした。

「鈴の笑顔、すごく久しぶり。……何年振りかわからないくらい」

涙声だった。普段からは想像もできないくらい小さくなって泣いている。それを見つめる鈴もまた涙を堪えられなくなっていた。

「お母さん……」

母が鼻をすすって、昔話を始めた。

「鈴、あなたはね。小さいころから頑固な子だった。やりたくないことは絶対にやらないし、好きなことをやりだしたら気が済むまでやめなかった。それはいいところでもあるけど、学校へ行ったら困ると思って、お母さん一生懸命直そうとした」

「うん、そうだったね」

鈴は素直に頷いた。

以前の鈴なら反発を覚えただろう。普通でない娘が恥ずかしかったからだろうと、言ってしまったかもしれない。

けれど今はそんなふうには思わない。母はただ鈴自身のことを思ってくれていたのだ。

「何をどうすればいいかわからなかったから、一生懸命いろいろやってみたけれど、やればやるほど鈴の笑顔がなくなっていくのもわかってた。……お母さん、鈴に自分の考えを押しつけていただけなのね。本当にやらなくちゃいけなかったのは……鈴の話を聞くことだった。やりたいこと、できないこと……それなのに……今日の鈴を見てよくわかった。今になってわかるなんて……母親失格ね」

そう言って嗚咽を漏らして泣きだす姿にたまらなくなって、鈴は母を抱きしめた。

「そんなことないよ、お母さん」

本当の気持ちだった。

母は鈴のためにたくさんのことをしてくれた。本が好きな鈴のために、毎週末電車に乗って高倉の大きな本屋までたくさんの本を買いに行ってくれた。学校で嫌なことがあっても本を読んでるときだけは、それを忘れられたのだ。

学生時代をどうにか乗り越えられたのは本の力が大きかった。

苦手だった鉄棒も縄跳びも、一緒に練習してくれたのは母だった。結局できるようにはならなかったけれど、一生懸命教えてくれたのだ。

ボタンがかけちがっていたけれど、愛されていたのだと今ははっきりとわかる。母親失格なんてこと、絶対にない。

「私は鈴の何を見ていたんだろう。鈴……ごめんね」

泣き続ける母にしがみついて鈴は首を横に振った。

「そんなことない！　絶対にない！　私、お母さんがいたから今こうやってここの女将をやってるの。〝苦手なことだってなんだって、やってみなくちゃわからない〟ってお母さんいつも私に言ってたでしょう？　ここをやると決めたとき、その言葉を思い出した。短大で楽しく勉強できたのも、お母さんが国文科を勧めてくれたおかげだもん。母親失格なんて言わないで！」

思いつくままに、心にある言葉を口にしながら鈴も声をあげて泣きだしてしまう。

「私、お母さんの娘でよかったって思ってる。お母さん、お母さん……！」

そうして母娘は、しっかりと抱き合ったまましばらく泣いた。

「……何年ぶりかな、ここのお風呂に入ったの」

たくさん泣いて少し落ち着きを取り戻した母が、涙を拭いて玄関を見回した。

「全然変わらない……。あいかわらずいいお湯だった。鈴が番台にいるなら、これからは時々来ようかな。どうせ鈴は自炊なんかしていないだろうし、夜ごはん、持ってきてあげる」

少し調子が戻ったようだ。小言を混じえてそんなことを言う。

鈴は、時々父が持ってきた夜食のことを思い出した。もしかしたらあれは母の指示だったのかもしれない。

「もう、子ども扱いして……。でもうれしいな。やることがたくさんあって、まだそこまでの余裕はないんだ」

鼻をぐずぐずさせながら鈴は言う。

「私、お母さんのコロッケが食べたい」

「またこの子は調子にのって……。コロッケってすごく手間がかかるのよ?」

そんなことを言い合って、笑い合う。

それだけのことがこれ以上ないくらいにうれしかった。母娘の間で複雑に絡み合っていた糸がするすると解けていく。

これからはこうやって思いをきちんと伝えよう。また喧嘩をするかもしれないけれど、今の自分なら大丈夫。

自分の居場所を見つけられず、誰からも必要とされていないと思っていた。

でも今、自分はたくさんの深い愛に包まれていたことを知った。そう思えるのは、この場所で祖母と両親、そして白妙からたくさんの愛情を受け、温かく見守られていたからだ。その自信が鈴の心を強くしている。

「よかったな、鈴。これで万事解決だ。なんの憂いもなく婚礼を挙げられる」

ほがらかな声がして、顔を上げると白妙が番台裏の和室から姿を現していた。こちらへやってきて鈴の頭を優しくなでる。

「婚礼は村をあげて盛大にやろう」

突然の彼の登場に素早く反応したのは母だった。

「な、なんですか、あなた？　いったい誰です⁉」

鈴を後ろから抱えて白妙から、守ろうとする。鈴は慌てて口を開いた。

「お、お母さん、この方は白妙さまとおっしゃって……」

でもどう説明すればいいかわからなかった。母はここがあやかしの里だということを知らない。

「地主神さまで……その……」

すると母が意外な反応をした。

「この方が……そうなんですね。これは失礼いたしました。主人から聞きました。地主神さまの白妙さまは村を守ってくださっているとか」

「お母さん、……知ってるの？」

「ええ、さすがにあんなことがあったんだもの、信じないわけにはいかないわ。あの気持ち悪いものが心に入ってくる感覚は、この世のこととは思えなかったし……」

恐怖体験を思い出し、母は顔をしかめてぶるりとする。でもすぐに顔を上げた。

「一昨年の大雨、あと少しのところで天河小中学校が土砂災害から免れたのもきっとあなたのおかげなのでしょう。学校を代表する者としてお礼を申し上げます」

白妙がにっこりとして頷いた。

「でも、婚礼とはいったいどういうことですか？　鈴？　なんのことなの？　あなたこの方とどういう関係なの？」

険しい表情で尋ねられて、鈴はしどろもどろになってしまう。

「えーと、その……なんていうか」

代わりに白妙が口を開いた。

「鈴は私の嫁にする。お互いの気持ちはもちろんのこと、佳代にも了解を得た」

「な、なんですって⁉　結婚って……！　鈴？　本当なの⁉」

「う……うん、そうなんだ。お母さん」

ほかに言いようがなくて鈴は頷いた。

母は唖然として、鈴と白妙を交互に見る。

驚くのも無理はない。

母は今までのいきさつをまったく知らない。鈴が小さいころから白妙に見守られていたことも、大江家と彼の約束も。しかも鈴はこれまで、恋愛とは無縁だったから当然彼氏を紹介したことなどない。それなのに、突然結婚したいなんて。

母はしばらくして自身を落ち着かせるように深いため息をついて、白妙を見て口を開いた。

「許しません」

白妙が、がっくりと肩を落とした。

「またここに強敵が」

「お母さん！」

鈴は声をあげる。母は鈴を無視して、白妙に向かって口を開いた。

「あなたがどのような方かまだわからないのに、許すわけにはいきません」

「お母さん、白妙さまは地主神さまよ。さっきお母さんも言ったじゃない。村の平和は白妙さまのおかげで……」

「だからといって夫としてふさわしいかどうかは別の話だわ、鈴。エリートと結婚すればそれで幸せになれると世間では思われているけど、実際はそうとは限らないのよ」

母が力説する。白妙が口をはさんだ。

「私は鈴を誰よりも愛おしく思っている。生涯大切にすると誓う」

「ええ、そうでしょう。そうでなくては困ります。でもそれを確信できない限り、親としては結婚を許すわけにはいきません。第一、鈴はまだ二十歳です。人生経験も多くない。言葉巧みに言いくるめられているとも限りませんから！」

里の秘密を知ったばかりだからか、それとも元々の性格か、母は地主神相手にズバズバと思ったことを言う。

白妙は気を悪くした様子もなく答えた。

「神にとって年齢は関係ない。あくまでも魂と魂との結びつきなのだ」

「ええ、そうでしょう！　でも鈴は人間なのですから、人間の常識にも合わせてもらわないと困ります」

母が立ち上がった。

「いいですか？　私は何がなんでも反対と言っているわけではなく、時期尚早だと言っているのです。鈴はやりたいことを見つけて自分の足で歩きだしたばかりで、大切な時期です。むやみやたらと結婚したがるのではなく、まずは女将という仕事に専念させようというのが本当の愛情ではないですか？」

至極真っ当な母の話に、鈴も白妙も何も言い返せない。母の独壇場だった。

「鈴がここの女将として立派にやれるようになり、そのときになってもふたりの気持ちが変わらなければ、結婚を認めましょう。いいですね？」

有無を言わせない母の言葉に、鈴は頷くことしかできなかった。隣で白妙が深い深いため息をついて、ぼそりとつぶやく。

「……佳代と話しているような気分だよ」


りーんりーん、コロコロコロと虫の音が耳に心地いい夜のいぬがみ湯、番台裏の和室で鈴は白妙と向かい合っている。

いつもと違って人の姿の彼に、しょんぼりとして鈴は言った。

「しろさま、すみません。母が……」

思わぬところから結婚に待ったがかかったことが申し訳なかった。祖母に許しをもらったとき、あんなに喜んでくれたのに。

もちろん鈴はもう大人なのだから、母が反対しても押し切ることはできるだろう。でも鈴はやっぱり母にも祝福してもらいたかった。長年の感情のもつれが解けた今はなおさらだ。

「謝ることはない、孝子の言うことはもっともだ。鈴が女将として大事な時期なのは、たしかなのだから」

「しろさま」

鈴はホッと息を吐いた。

本当のところ鈴も母の話に大いに納得したのだ。大事な時期だからまずは女将修業に専念する。たくさんの生徒を見てきた母らしい意見を、今回は素直に受け入れたい。

「鈴は私のものだけど、私だけのものではない。たくさんの者が鈴を思い愛している。これからもまわりの助言に耳を傾けて、自分の道を決めなさい。私はいつも鈴の味方だ」

お守りのような言葉をくれる白妙を愛する気持ちは、これからもずっと変わらない。

「しろさま、ありがとうございます。私、早くしろさまのお嫁さまになれるよう一生懸命頑張ります！」

優しい眼差しを見つめて、鈴は固い決意を口にする。

白妙がたまらないという表情になった。そして。

「鈴!!」

唐突にガバッと勢いよく抱きしめられてしまう。

「し、しろさま!?」

戸惑う鈴の頭に、彼はすりすりと頬ずりをした。

「頑張っておくれ、私はいつまでも待つからね」

温もりを感じながら、鈴も大きな背中に腕を回した。

なんて心地いいんだろう。結婚は先になったけれど、心はしっかりと繋がっている。

そんな幸せな思いで胸がいっぱいになっていく。大好きな香りがするしじら織の浴衣に頬を寄せて目を閉じた。

「しろさま、大好きです」

するとそれに応えるように鈴を包む腕にギュッと力がこもる。

白妙がうーんと唸った。

「でも結婚までお預けなのはつらいなぁ……。神のしきたりは佳代の言う通りなんだけど、この際、破ってしまってても別にかまわないような……？　人間の世界では、許嫁同士ならやることはやるだろうし……」

何やらぶつぶつと言っている。目を開けて、鈴は首を傾げた。

「しろさま？」

顔を上げると、白妙が何かを期待するような表情で鈴を見つめている。

「……どうしたんですか？」

尋ねると、ガッカリしたように目を閉じて、またうーんと唸った。そして諦めたようにふぅと息を吐いてから、にっこりとして鈴の頬に手を当てた。

「まぁそれもおいおいかな。しばらくは……狼の姿で寝ることにしよう。でも少しくらいなら」

その言葉と同時に満月色の綺麗な瞳がゆっくりと近づいて……

「鈴、鈴は私の唯一無二の存在だ。これからも大切に大切にするからね」

唇に優しいキスが降ってきた。

「はい、しろさま」

微笑み合い、抱き合うふたりを祝福するように、庭の鈴虫たちがリンリンと鳴いた。

月華後宮伝

虎猫姫は冷徹皇帝に愛でられる

GEKKA KOKYU DEN

①～③

織部ソマリ

PRESENTED BY SOMARI ORIBE

型破り月妃×冷徹な皇帝

中華後宮物語、開幕！

煌びやかな女の園『月華後宮』。国のはずれにある雲蛍州で薬草姫として人々に慕われている少女・虞凛花は、神託により、妃の一人として月華後宮に入ることに。父帝を廃した冷徹な皇帝・紫曄に嫁ぐ凛花を憐れむ声が聞こえる中、彼女は己の後宮入りの目的を思い胸を弾ませていた。凛花の目的は、皇帝の寵愛を得ることではなく、自らの最大の秘密である虎化の謎を解き明かすこと。

後宮入り早々、その秘密を紫曄に知られてしまい焦る凛花だったが、紫曄は意外なことを言いだして……？

あらゆる秘密が交錯する中華後宮物語、ここに開幕！

◎定価：726円（10%税込み）

◉illustration:カズアキ

かりそめ夫婦の
穏やかならざる新婚生活

親を亡くしたばかりの小春《こはる》は、ある日、迷い込んだ黒松の林で美しい狐の嫁入りを目撃する。ところが、人間の小春を見咎めた花嫁が怒りだし、突如破談になってしまった。慌てて逃げ帰った小春だけれど、そこには厄介な親戚と――狐の花婿がいて？　尾崎《おざき》玄湖《くろこ》と名乗った男は、借金を盾に身売りを迫る親戚から助ける代わりに、三ヶ月だけ小春に玄湖の妻のフリをするよう提案してくるが……!?　妖だらけの不思議な屋敷で、かりそめ夫婦が紡ぎ合う優しくて切ない想いの行方とは――

定価：726円（10％税込）

イラスト：ごもさわ

お前は俺の運命の花嫁

時は大正、処は日の本。周囲の人々に災いを呼ぶという噂から『不幸の董子様』と呼ばれ、家族から虐げられて育った名門伯爵家の長女・董子《とうこ》。ようやく縁組が定まろうとしていたその矢先、彼女は命の危機にさらされてしまう。そんな彼女を救ったのは、あやしく人間離れした美貌を持つ男——神《か》久《ぐ》月《つき》氷《ひ》桜《おう》だった。

「お前は、俺のものになると了承した。……故に迎えに来た」

どこか懐かしい氷桜の深い愛に戸惑いながらも、董子は少しずつ心を通わせていき……

これは、幸せを願い続けた孤独な少女が愛を知るまでの物語。

定価：726円（10%税込み）　ISBN 978-4-434-31915-0

Illustration 七原しえ

この作品に対する皆様のご意見・ご感想をお待ちしております。

おハガキ・お手紙は以下の宛先にお送りください。

【宛先】

〒150-6008 東京都渋谷区恵比寿4-20-3 恵比寿ｶﾞｰﾃﾞﾝﾌﾟﾚｲｽﾀﾜｰ 8F
（株）アルファポリス　書籍感想係

メールフォームでのご意見・ご感想は右のＱＲコードから、
あるいは以下のワードで検索をかけてください。

アルファポリス　書籍の感想　検索

ご感想はこちらから

アルファポリス文庫

神《かみ》さまお宿《やど》、あやかしたちとおもてなし ～鈴《すず》の恋《こい》する女将修業《おかみしゅぎょう》～

皐月なおみ（さつき なおみ）

2023年6月25日初版発行

編　集－境田 陽・森 順子
編集長－倉持真理
発行者－梶本雄介
発行所－株式会社アルファポリス
〒150-6008 東京都渋谷区恵比寿4-20-3 恵比寿ｶﾞｰﾃﾞﾝﾌﾟﾚｲｽﾀﾜｰ8F
TEL 03-6277-1601（営業） 03-6277-1602（編集）
URL https://www.alphapolis.co.jp/
発売元－株式会社星雲社（共同出版社・流通責任出版社）
〒112-0005 東京都文京区水道1-3-30
TEL 03-3868-3275
装丁イラスト－志島とひろ
装丁デザイン－ナルティス（稲見 麗）
印刷－中央精版印刷株式会社

価格はカバーに表示されてあります。

落丁乱丁の場合はアルファポリスまでご連絡ください。

送料は小社負担でお取り替えします。


ISBN978-4-434-32177-1 C0193